Writer Guild of America East

Registro Certificado Numero: I370871

Fecha Registrada: 05/25/2024

KDP ISBN: 9798326661609

Grafica de cubierta creada por ChatGPT 4.0 DALL-E

Impreso en los Estados Unidos de América

... a todos aquellos que luchan diariamente para cuidar a los más pequeños ...

Misericordia Letal

Tito Lugo MD©

I

La oscura carga del alma, ese peso abrumador, reside en los recovecos más profundos de nuestra mente. Así meditaba la enfermera Amarilis Cintrón, cuyos pasos resonaban con un eco sombrío por los pasillos iluminados de la unidad de cuidado intensivo neonatal del flamante Hospital Pediátrico Nacional. Cada respiro de los recién nacidos, cada parpadeo de los monitores, le recordaba la fragilidad de la vida que yacía en sus manos, un constante recordatorio de su solitaria carga y la penosa decisión que creía era su deber moral sostener. Su semblante, aunque sereno, ocultaba las tormentas de un alma dividida entre el deber y la misericordia, un corazón atormentado por la lucha entre la vida y el alivio del sufrimiento.

El Hospital Pediátrico Nacional estaba situado en un vibrante país de Sudamérica. Consistía en una majestuosa estructura erigida recientemente para atender a una población de medio millón de personas, de las cuales una de cada cinco respira la frescura de la juventud antes de cruzar el umbral hacia la madurez a los veintiún años. Con un desembolso astronómico de 135 mil millones de pesos, este santuario de la medicina se erigía como un baluarte del cuidado desde la cuna del recién nacido hasta la verja del adulto joven. Armado hasta los dientes con la tecnología más avanzada, el hospital alardeaba de poseer seis quirófanos dedicados exclusivamente a los neonatos, todos bajo la vigilancia del insigne cirujano pediátrico, el Dr. Heriberto Lucio Vicens, cuya fama y pericia resonaban como un eco a través de los corredores de este templo de curación.

El doctor Lucio Vicens había dedicado su vida a la medicina, especializándose en cirugía general, pediátrica y cardiotorácica. Tras más de nueve años de intensa formación, después de obtener su doctorado, se encontraba ahora con una lista impresionante de certificaciones. Con ese bagaje, llegó a la isla del retiro, un lugar donde los recursos eran limitados y la esperanza escasa.

Lucio no solo traía consigo su vasta experiencia, sino también un dominio casi sobrenatural del uso de la robótica en cirugía, una habilidad que había perfeccionado al operar a recién nacidos que apenas alcanzaban el peso de un kilogramo. Los brazos mecánicos de estos sofisticados dispositivos se convertían en sus propias manos, capaces de realizar incisiones mínimas de tres milímetros para disecar, cauterizar, extirpar y suturar con una precisión que rozaba lo inhumano. Desde una cabina que recordaba a la de un piloto de avión, Lucio controlaba cada movimiento, sus ojos ocultos tras gafas que le proporcionaban una visión tridimensional del campo quirúrgico.

A pesar del alto costo que el gobierno había invertido en esta tecnología, Lucio sabía que estos robots representaban la única esperanza para los diminutos pacientes de la unidad de cuidados intensivos neonatales. Sin embargo, el brillo metálico de los brazos robóticos y el frío de la cabina contrastaban con la oscura realidad de la isla: una desesperación que impregnaba cada rincón del hospital. Los pequeños cuerpos de los neonatos, tan frágiles y vulnerables, parecían destinados a una lucha desigual contra el destino.

Lucio, consciente de la responsabilidad que llevaba sobre sus hombros, no podía evitar sentirse como un ángel de la muerte, suplantando a la naturaleza con cada corte y sutura. Cada operación era una danza macabra, un intento desesperado de arrancar a estos bebés del abrazo de la muerte, aunque a veces se preguntaba si simplemente estaba prolongando su sufrimiento.

La noche caía sobre la isla, y el hospital, envuelto en sombras, parecía un espectro gigantesco. Los monitores emitían pitidos constantes, acompañando el latido irregular de los corazones diminutos. En medio de este escenario sombrío, Lucio se preparaba para una nueva intervención, sabiendo que cada vez que ponía en marcha el robot, la delgada línea entre la vida y la muerte se volvía aún más borrosa.

--Buenos días, enfermera Cintrón--, balbuceó el doctor Lucio Vicens al ingresar a la unidad de cuidados intensivos neonatales (UCIN) a las siete de la mañana. La luz tenue del amanecer apenas comenzaba a filtrarse por las ventanas, proyectando sombras alargadas en las paredes del hospital. La enfermera Amarilis Cintrón, con su esbelta figura y cabello impecablemente arreglado, había registrado su entrada de trabajo apenas cinco minutos antes.

--Buenos días, jefe--, respondió con una mirada pícara, un destello en sus ojos que sugería un interés que iba más allá de lo profesional.

--¿Cómo sigue el bebé al que operé ayer de fístula traqueoesofágica?--, preguntó Lucio mientras sus ojos recorrían los monitores, y sus dedos ágiles repasaban el expediente digital en la computadora portátil frente al diminuto paciente.

--Pues mire, los del turno de noche me informaron que, tras recuperar la movilidad, tiene parámetros adecuados para ser extubado--, respondió Amarilis, su voz llenando el aire con una mezcla de profesionalismo y sutil coqueteo.

--¡Perfecto! Gracias--, exclamó Lucio con un aire de majestuosidad, consciente de que gracias a su intervención, el bebé pronto podría usar su esófago correctamente, algo que el destino le había negado al nacer.

--Sigamos con el siguiente--, añadió, desplazándose hacia la próxima incubadora donde yacía un bebé de veintidós semanas de gestación, 600 gramos de peso, intubado, y víctima de una hemorragia intraventricular grado IV. Este pequeño ser, más cercano a un vegetal que a un ente viviente, estaba siendo observado por cirugía debido a una enterocolitis necrotizante en estadio II, con riesgo de perforación intestinal.

--Este bebé no está muy bien que digamos--, mencionó la enfermera Cintrón al prominente cirujano, su tono ahora cargado de preocupación. --Los parámetros de ventilación han tenido que ser aumentados. Está muy enfermito, doctor--, continuó, su voz un susurro que parecía resonar en los rincones oscuros de la UCIN.

--He revisado las radiografías en la PC y aún no muestra signos de perforación intestinal--, respondió Lucio, sus palabras impregnadas de una calma forzada. --Pero estaremos vigilantes--, añadió, con un tono que intentaba infundir esperanza en medio de la desesperación.

--Así se hará, doctor--, asintió Amarilis, sus miradas cruzándose una vez más. Esta vez, la conexión fue más profunda, un encuentro silencioso entre sus almas que rozaba los límites del deseo, justo antes de que el doctor abandonara la UCIN.

El ambiente en la unidad de cuidados intensivos neonatales era pesado, casi tangible, con una mezcla de esperanza y desesperación que se adhería a cada rincón. Los pitidos de los monitores y el suave murmullo del personal médico creaban una sinfonía sombría, mientras la vida y la muerte danzaban en un delicado equilibrio sobre los diminutos cuerpos de los neonatos.

Amarilis había trabajado cinco años como enfermera pediátrica en neonatología. Se encargaba de cuidar bebés prematuros desde las 22 semanas de gestación. El hospital recibía recién nacidos de todo el país. Estos bebés tenían una variedad de condiciones médicas y quirúrgicas. Era el único centro supraterciario en el país. Contaba con un amplio abanico de especialidades médicas y quirúrgicas.

Amarilis nunca tuvo una infancia propiamente dicha. Lo que le pasó en esos años tempranos fue una sucesión de golpes bajos, una tras otra, sin respiro. En la casa donde creció, los gritos eran más frecuentes que las conversaciones y las miradas eran más de rencor que de cariño. Todo eso se cocinaba a fuego lento, en un ambiente donde cada día era más difícil respirar que el anterior.

No había escapatoria ni consuelo; solo el constante martilleo de la desesperanza y la violencia soterrada. Aprendió a caminar con la cabeza gacha, a esquivar conflictos y a anticipar el próximo golpe, ya fuera físico o emocional. Su comprensión del mundo se fue tiñendo con esta sordidez, hasta que la piedad se convirtió en su forma retorcida de afecto.

Para Amarilis, sus acciones no eran crímenes, sino una forma preventiva de cuidado. En su mente, marcada por el abandono y la brutalidad, quitar la vida era un acto de misericordia. Creía que al liberar a estos seres de su futuro dolor, les hacía un favor—los salvaba de un mundo que no tenía nada bueno que ofrecerles. No veía la luz al final del túnel porque en su vida, simplemente, nunca la había habido.

Amarilis había sido víctima de su padrastro; su madre, abandonando al progenitor biológico de Amarilis cuando apenas mamaba del pecho, se había precipitado de las fauces de un tirano a los brazos de otro ser peor. El padre natural era un hombre dado a la violencia, un machista que, reprimido y corroído por tormentos pasados, perpetuaba un ciclo de sufrimiento. Era una ilustración viviente de una arraigada patología cultural que pintaba a los hombres como depredadores natos de las mujeres, una noción absurda y cruel que ni siquiera los animales salvajes parecían emular.

Ante tal historia, Amarilis se guarecía en su propio laberinto mental, evitando todo aquello que pudiera evocar el recuerdo de esos abusos. Lugares cerrados, la compañía exclusiva de figuras masculinas, cualquier escenario que destilara el perfume de aquel horror vivido, todo era meticulosamente esquivado. Sus noches eran un teatro de pesadillas y déjà vu que la aterrorizaban, anunciando con claridad meridiana la presencia de un trastorno de estrés postraumático.

Sentía y padecía un miedo profundo, una ansiedad que la consumía sin tregua. Para cualquier observador con un mínimo de discernimiento, el diagnóstico era inequívoco.

En cada encuentro con la mirada de un hombre que le recordaba a su padrastro, Amarilis sentía cómo el pasado no era un país del que se pudiera huir; era un espectro que la perseguía sin descanso, colándose en cada grieta de su vida diaria. Era consciente de esta fractura dentro de sí, y aunque luchaba por sobreponerse, el peso de la memoria y el legado de su herencia familiar eran cargas pesadas de llevar. Su vida se había convertido en un constante acto de equilibrio entre el deseo de olvidar y la necesidad de recordar lo suficiente para evitar que la historia se repitiera.

Eso no ocurría con el cirujano. Amarilis sentía una profunda admiración y hasta una pasión en la entrepierna por el conocimiento y la devoción del doctor Lucio Vicens, quien diariamente visitaba a los bebés enfermos con una dedicación casi obsesiva. Para la joven enfermera, conocer a un magnate académico tan impresionante en medio de su vida llena de experiencias desastrosas era un bálsamo. Especialmente cuando se trataba de esos bebés que pesaban menos de un kilo, cuyos cuerpos frágiles y débiles parecían desafiar la lógica de la vida.

El hospital se llenaba de un dolor palpable cuando los padres, compungidos y derrotados, algunos primerizos, se acercaban a las incubadoras. Las lágrimas caían sobre sus mejillas al ver a sus retoños prematuros luchando por cada respiro. Amarilis sufría con ellos, compartiendo su dolor, un dolor que reavivaba los recuerdos de su propio infierno personal. Cada vez que un padre lloraba, era como si se abriera una herida vieja, una herida infligida por su imbécil padrastro en su juventud.

Amarilis recordaba con vívida claridad las noches de terror, las sombras alargadas que se cernían sobre su cama, y el aliento agrio de su padrastro, que se mezclaba con el hedor del alcohol. Su infancia había sido un campo de batalla, y cada visita de su padrastro un asalto a su inocencia. Trabajar en la UCIN le ofrecía una especie de redención, un intento desesperado de salvar vidas que no habían tenido la oportunidad de ser contaminadas por la crueldad del mundo.

La devoción del doctor Vicens era un faro en medio de esa oscuridad. Su precisión quirúrgica y su calma meticulosa contrastaban con el caos emocional que reinaba en el hospital. Amarilis lo observaba, fascinada por su capacidad para operar con una frialdad casi inhumana, como si fuera una máquina destinada a desafiar la muerte. Y sin embargo, detrás de esa fachada de perfección, ella sentía que había algo más, una chispa de humanidad que él intentaba esconder bajo su bata de cirujano.

Mientras los padres se desplomaban frente a las incubadoras, Amarilis no podía evitar sentir una mezcla de compasión y desesperanza. Cada lágrima era un recordatorio de que el sufrimiento era una constante, una sombra que acechaba en cada rincón del hospital. Pero también era un combustible, una razón para seguir adelante, para tratar de arrancar a esos pequeños seres del abismo que los amenazaba.

La luz en la UCIN era siempre fría y clínica, acentuando las líneas de preocupación en los rostros de quienes trabajaban allí. Los monitores seguían su sinfonía constante, pitidos y alarmas que señalaban el estado crítico de los pacientes. Y en medio de todo eso, Amarilis encontraba una especie de consuelo en la presencia del doctor Lucio Vicens, un hombre que, a pesar de todo, parecía tener la fuerza para enfrentar la oscuridad y devolver, aunque sea un poco, la esperanza.

A las tres de la tarde, los monitores del paciente con enterocolitis necrotizante se quedaron en silencio, anunciando un paro cardíaco sorpresivo. Los parámetros de ventilación no habían mostrado cambios que indicaran un deterioro inminente, pero algo había salido terriblemente mal. Aunque el bebé era de alto riesgo debido a su extrema prematures, nadie esperaba un giro tan repentino. En aquellos tiempos, un aborto espontáneo solía referirse a un feto que pesaba alrededor de 500 gramos, y este pequeño luchador lo superaba por apenas 100 gramos.

El diminuto cuerpo del bebé estaba teñido de un color gris mortal, la señal más clara de que había entrado en paro y su frecuencia cardíaca había caído a menos de 60 latidos por minuto. La situación exigía iniciar de inmediato la resucitación cardiopulmonar con medicamentos. Amarilis, aunque su turno había terminado, no podía abandonar la UCIN en ese momento crítico. Su sentido del deber y su conexión con los pequeños pacientes la mantenían firmemente en su lugar.

Amarilis se unió al equipo de resucitación, sus movimientos eran rápidos y precisos, mientras su corazón latía con una mezcla de esperanza y desesperación. La unidad estaba sumida en un tenso silencio, roto únicamente por las órdenes cortas y claras del equipo médico, y el ruido de los equipos de reanimación. Cada segundo que pasaba aumentaba la presión, y tras cuarenta agotadores minutos, se tomó la decisión de declarar al paciente fallecido. Eran las 4:20 PM de la tarde.

La noticia cayó como una losa sobre el personal de la UCIN. Había que notificar al doctor Lucio Vicens. Amarilis se sentía como si una mano invisible le apretara el corazón. Aunque había presenciado y participado en numerosas resucitaciones, la pérdida de un bebé siempre era devastadora.

El doctor Lucio Vicens todavía se encontraba en la institución, terminando un caso delicado de tetralogía de Fallot mediante cirugía toracoscópica utilizando su famoso robot. La precisión de los brazos mecánicos era casi quirúrgica, moviéndose con una gracia antinatural mientras Lucio los controlaba desde la cabina, sus ojos fijos en la pantalla tridimensional que le ofrecía una vista detallada del corazón diminuto del paciente.

De repente, el intercomunicador de la sala emitió un chasquido estático antes de que la voz de Amarilis se filtrara a través de él, cargada de una tristeza palpable.

--Doctor Vicens--, comenzó Amarilis, su voz apenas un susurro sombrío.

--El bebé con enterocolitis necrotizante... tuvo un paro cardíaco. Hicimos todo lo posible, pero...--.

Las palabras colgaron en el aire, envueltas en un silencio que resonaba más fuerte que cualquier grito. Tan pronto como Lucio recibió el mensaje de la unidad, un escalofrío recorrió su espalda. Sin perder un segundo, subió a la UCIN para ver qué había ocurrido.

Al llegar, la atmósfera en la UCIN era más opresiva de lo habitual, las luces fluorescentes parpadeaban como si fueran conscientes del horror que acababa de suceder. Los signos vitales del bebé no habían mostrado ninguna advertencia de un empeoramiento. Lucio revisó las radiografías con una meticulosidad obsesiva: no había señales de perforación. El bebé había recibido un bloqueador del ducto arterial de forma intravenosa cinco minutos antes del paro, un medicamento que no debía afectar la frecuencia cardíaca.

Los parámetros del ventilador no habían cambiado en las últimas cuatro horas antes del fallecimiento, un detalle que hacía aún más enigmática la situación. Todo indicaba que algo extraño e inexplicable había sucedido. La sensación de que una presencia siniestra acechaba en los rincones de la UCIN se hizo más fuerte.

Lucio se sentía invadido por una inquietud creciente, una sombra de duda que lo seguía mientras observaba el cuerpo inerte del bebé. La piel grisácea del pequeño paciente parecía absorber la luz, proyectando una aura de muerte que se extendía por la sala. Había que realizar pruebas toxicológicas para determinar si algún medicamento había afectado al bebé, pero la inquietud persistía. El aire estaba cargado de una tensión insoportable, como si el hospital mismo respirara con dificultad.

El doctor Lucio Vicens estaba lleno de preguntas, más de las que encontraba respuestas. La muerte tan inusual del bebé no tenía una explicación lógica. Mientras sus pensamientos oscilaban entre la ciencia y el terror, no podía sacudirse la sensación de que algo oscuro y malévolo se escondía en las sombras de la UCIN, esperando su momento para atacar de nuevo. Las paredes del hospital parecían cerrarse, el silencio se volvía opresivo, y Lucio sentía como si una mirada invisible y maliciosa lo siguiera con cada paso que daba.

La certeza de que debía enfrentarse a lo desconocido se hizo más clara. No se trataba solo de medicina; algo más profundo y siniestro estaba en juego. Mientras los murmullos de los monitores y las luces parpadeantes continuaban su sinfonía inquietante, Lucio supo que esta era solo la primera de muchas noches oscuras que enfrentarían en la UCIN.

También era necesario practicarle una autopsia al bebé. Había muerto sin una explicación médica suficiente, dejando una inquietud inquietante en el aire. La noticia se comunicó a los desafortunados padres, quienes llegaron a la UCIN dos horas más tarde en transporte público. Sus rostros reflejaban una mezcla de desesperación y agotamiento. Al entrar en la unidad, el dolor los abrumó inmediatamente y rompieron en llanto, sus sollozos resonando por los pasillos como un eco fantasmagórico.

Los padres se acercaron al diminuto cuerpo de su bebé, que yacía inerte en la incubadora. Sus lágrimas caían sobre la pequeña figura, mientras buscaban respuestas entre el personal médico. Las miradas compasivas de las enfermeras no podían ofrecer consuelo ni certezas. Entre sollozos, los padres imploraban por una explicación clara, algo que debido a la falta de información inmediata, no se podía proporcionar.

El hospital, ya de por sí un lugar de constantes luchas entre la vida y la muerte, parecía más lúgubre esa noche. La espera de los resultados de la autopsia se sentía como una eternidad, un tiempo durante el cual el misterio se aferraba a la mente de todos. La UCIN, normalmente un lugar de esperanza aunque frágil, se había convertido en un espacio donde el terror silencioso se filtraba en cada rincón.

El doctor Lucio Vicens, atrapado entre su profesionalismo y la creciente sensación de impotencia, no podía apartar la imagen del bebé grisáceo de su mente. Las preguntas sin respuesta lo acosaban. ¿Había algo en el hospital, algo que no podían ver, que estaba afectando a los pacientes más vulnerables? La inexplicable muerte del bebé era solo el comienzo, lo sentía en lo más profundo de su ser.

El equipo de la UCIN continuaba con su rutina, pero una sombra de incertidumbre se cernía sobre ellos. Los monitores seguían su canto lúgubre, y cada pitido parecía más siniestro que el anterior. Los padres, con sus rostros marcados por el dolor y la desesperanza, se aferraban a la promesa de respuestas, mientras que el personal médico lidiaba con la creciente sensación de que algo siniestro acechaba entre las paredes del hospital.

Durante esas dos semanas de espera, el ambiente en la UCIN se volvió cada vez más tenso. Los días se alargaban y las noches se hacían más oscuras, llenas de murmullos y susurros ininteligibles. Cada sombra parecía cobrar vida, y los rincones oscuros del hospital se convertían en lugares donde la mente jugaba trucos crueles.

La certeza de que el hospital escondía secretos oscuros se fortalecía con cada día que pasaba. Lucio sabía que la autopsia podría revelar más de lo que buscaban, tal vez incluso una verdad que cambiaría para siempre su percepción de la vida y la muerte. La espera, con sus promesas de respuestas y revelaciones, se convirtió en una tortura silenciosa, mientras la sombra del terror se cernía sobre la UCIN, implacable y omnipresente.

Dos semanas después, la autopsia standard no reveló indicios específicos de una causa de muerte. No había signos de intoxicación con las sustancias usuales ni rastros de medicamentos en exceso en su torrente sanguíneo. La muerte del bebé seguía siendo un enigma médico, una pieza que no encajaba en el rompecabezas de su frágil salud. Ante esta falta de respuestas claras, se procedió a notificar a la alta gerencia de la institución.

La gerencia, con su pragmatismo habitual, probablemente no tomaría más medidas. No se notificaría a las autoridades policiacas porque las condiciones médicas del paciente cumplían con los criterios mínimos para una muerte prematura. Sin embargo, no todos en el hospital estaban convencidos de esta explicación. Había quienes sospechaban que algo más siniestro estaba ocurriendo, aunque no podían precisar exactamente qué.

Amarilis Cintrón, por ejemplo, mantenía una fachada de tristeza y preocupación. Pero debajo de esa máscara, se ocultaban otros sentimientos. Conocía demasiado bien los procedimientos y las debilidades del sistema. Sabía cómo maniobrar entre las sombras, cómo ocultar acciones y disimular intenciones.

Los desafortunados padres del bebé habían llegado a la UCIN dos horas después del fallecimiento, abatidos y agotados. Sus lágrimas, cargadas de una mezcla de dolor y confusión, no encontraban consuelo en las respuestas vagas del personal médico. Entre sollozos, imploraban una explicación que, debido a la falta de información inmediata, no se les podía proporcionar.

--¿Qué le pasó? ¿Por qué murió nuestro bebé?--, preguntaban, sus voces quebradas por la angustia. Las respuestas eran formales y vacías, llenas de tecnicismos que no ofrecían consuelo. Había que esperar los resultados de la autopsia, un procedimiento mandatorio en estos casos, que tardaría aproximadamente dos semanas.

El hospital, un lugar de constantes luchas entre la vida y la muerte, se volvió aún más sombrío esa noche. La espera de los resultados de la autopsia se sentía como una eternidad, un tiempo durante el cual el misterio y la sospecha se aferraban a la mente de todos. La UCIN, normalmente un lugar de frágil esperanza se transformó en un espacio donde el terror silencioso se infiltraba en cada rincón.

El doctor Lucio Vicens, atrapado entre su profesionalismo y una creciente sensación de impotencia, no podía apartar la imagen del bebé grisáceo de su mente. Las preguntas sin respuesta lo acosaban, inquietándolo cada vez más. ¿Había algo en el hospital, algo que no podían ver, que estaba afectando a los pacientes más vulnerables? La inexplicable muerte del bebé era solo el comienzo, y Lucio lo sentía en lo más profundo de su ser.

El equipo de la UCIN continuaba con su rutina, pero una sombra de incertidumbre se cernía sobre ellos. Los monitores seguían su canto lúgubre, y cada pitido parecía más siniestro que el anterior. Los padres, con sus rostros marcados por el dolor y la desesperanza, se aferraban a la promesa de respuestas, mientras que el personal médico lidiaba con la creciente sensación de que algo siniestro acechaba entre las paredes del hospital.

Durante esas dos semanas de espera, el ambiente en la UCIN se volvió cada vez más tenso. Los días se alargaban y las noches se hacían más oscuras, llenas de murmullos y susurros ininteligibles. Cada sombra parecía cobrar vida, y los rincones oscuros del hospital se convertían en lugares donde la mente jugaba trucos crueles.

La certeza de que el hospital escondía secretos oscuros se fortalecía con cada día que pasaba. Lucio sabía que la autopsia podría revelar más de lo que buscaban, tal vez incluso una verdad que cambiaría para siempre su percepción de la vida y la muerte. La espera, con sus promesas de respuestas y revelaciones, se convirtió en una tortura silenciosa, mientras la sombra del terror se cernía sobre la UCIN, implacable y omnipresente.

Pero Amarilis, con su apariencia inocente, sabía que el secreto estaba a salvo por ahora. Había maniobrado cuidadosamente, manipulando tanto los medicamentos como las emociones de quienes la rodeaban. En su interior, una oscura satisfacción crecía, mientras veía cómo la incertidumbre y el miedo se apoderaban del hospital. Ella era la sombra en la UCIN, la presencia que nadie podía ver, pero que controlaba cada movimiento desde las sombras.

II

En la oscuridad de la habitación, un grito ahogado rompió el silencio nocturno. La pequeña Amarilis se sentó en su cama, el sudor frío pegando la sábana a su piel temblorosa. Las sombras de la noche danzaban en las paredes, como si fueran los fantasmas de su pesadilla que la seguían hasta la realidad.

—¡Mamá! —su voz era un hilo, apenas audible entre sollozos.

En segundos, la puerta se abrió con un chirrido suave y la figura de su madre apareció en el umbral, una sombra reconfortante contra la tenue luz del pasillo.

—Amarilis, mi vida, ¿otra vez soñaste algo malo? —Su madre se acercó rápidamente, sentándose al borde de la cama. Extendió los brazos y Amarilis se acurrucó contra ella, buscando refugio en su calor.

—Sí, mamá. Los monstruos... los monstruos estaban en todas partes —balbuceó la niña, las palabras saliendo entrecortadas por el miedo.

—Shhhh, ya pasó, mi corazón. Solo son sueños, no pueden hacerte daño —murmuró su madre, acariciando su cabello empapado en sudor. —Estás aquí conmigo, estás segura.

—Pero se sentían reales, mami, como si... como si el monstruo quisiera llevarme con él —la voz de Amarilis temblaba mientras se aferraba más fuerte a su madre.

—Los sueños a veces nos juegan malas pasadas, especialmente los de las mentes creativas como la tuya. Pero recuerda, cada vez que despiertes de un mal sueño, yo estaré aquí. Nada ni nadie puede hacerte daño mientras esté a tu lado.

—¿Me prometes que no me dejarás? —sus ojos, amplios y temerosos, buscaban la certeza en la mirada de su madre.

—Te lo prometo, mi amor. Siempre estaré contigo —sus palabras eran un suave juramento en la oscuridad, una promesa que pretendía ser inquebrantable.

Amarilis asintió, dejando que la presencia de su madre suavizara los bordes de su miedo. Poco a poco, el calor y la seguridad que le ofrecían los brazos maternos la calmaban, y sus párpados comenzaron a pesarle de nuevo.

—Intenta dormir, cariño. Yo estaré aquí, velando tus sueños —dijo su madre, y besó su frente, una guardiana contra las sombras de la noche.

Con la tranquilidad de esa promesa, la pequeña de cinco años cerró los ojos, respirando más tranquila. La noche aún era oscura y larga, pero la proximidad de su madre la reconfortaba, un faro en la tormenta de sus pesadillas.

Así transcurrían esos días aciagos en la existencia de la niña, días en los cuales tanto madre como hija despertaban asediadas por los espectros del pasado, esas sombras tenebrosas que se negaban a ser olvidadas. Ignoraban ambas, en su inocencia y en su deseo de hallar algo de paz, que el espectro del mal no había hecho más que multiplicarse, un eco siniestro que se repetía con cada nuevo amanecer. La madre de Amarilis, arrastrada una vez más por los impulsos de un corazón solitario, había caído presa del encanto venenoso de un nuevo amor, uno teñido de envidia y posesión disfrazada de pasión.

Este nuevo compañero, que al principio se mostraba como un refugio y un prometedor nuevo comienzo, pronto reveló su verdadera naturaleza. Bajo la máscara del afecto se ocultaba un carácter celoso y controlador, un hombre que veía en sus afectos una propiedad más que en seres de libre albedrío. Así, la casa que debía ser santuario se transformaba lentamente en prisión, y los días se teñían de una tensión apenas disimulada, un preludio de tormentas por venir.

Amarilis, con la aguda percepción de la infancia, pronto comenzó a sentir el cambio en el aire, una carga eléctrica de presagios no dichos. Su madre, intentando proteger a su hija, envolvía la realidad en capas de silencios y medias verdades. Sin embargo, el miedo de Amarilis no se dejaba aplacar, y sus noches se poblaron de nuevas pesadillas, donde figuras amenazantes y sombras alargadas jugaban papeles protagonistas en teatros de terror nocturno.

En esos momentos de vulnerabilidad, cuando el velo del sueño se rasgaba bruscamente por el grito ahogado de la niña, la madre acudía, su figura un pilar tembloroso pero firme en la penumbra de la habitación. Consolaba a Amarilis con susurros de amor y promesas de protección, un ritual que ambas sabían de memoria pero que, cada noche, parecía perder algo de su poder consolador.

Así, el ciclo de día y noche se sucedía, un reflejo de la dualidad de esperanza y desesperación, un bucle interminable donde el pasado y el presente se entrelazaban, cada vez más indistinguibles el uno del otro en la mente y el corazón de Amarilis. La presencia del nuevo hombre, lejos de ser un bálsamo, se convertía en un recordatorio constante de que a veces, los fantasmas son tan reales como la carne y hueso que los alberga.

Pero llegaron los días funestos donde la figura nueva y paternal en la vida de la pequeña Amarilis daba aún más miedo que su bruto padre natural. Este hombre, más joven que su madre, era una presencia perturbadora, una parodia cruel de lo que debería ser un protector. Su mirada, cargada de codicia, la seguía por la casa, y el desprecio con el que trataba a su madre era un espectáculo diario.

Cada noche, la casa se transformaba en un escenario de horror. La puerta del dormitorio de su madre quedaba abierta, y él, con una sonrisa perversa, se aseguraba de que Amarilis pudiera ver. Usaba el cuerpo de su progenitora con brutalidad y desdén, adoptando posiciones deshonestas, exhibiendo una vulgaridad que la pequeña no podía comprender del todo, pero que intuía como algo profundamente malvado.

--Oh, qué coincidencia--, decía con una voz almibarada cuando la veía en el umbral de la puerta.

--No quise que vieras esto, pequeña. Deberías estar en tu cama--.

Pero no era coincidencia. Él sabía exactamente lo que estaba haciendo. Quería que ella viera, que el horror y la confusión se clavaran en su mente como garras invisibles. Cada noche, Amarilis se quedaba petrificada, observando la escena con una mezcla de miedo y repulsión. Su corazón latía con fuerza, su pequeño cuerpo temblaba, y el terror se apoderaba de su alma.

Las sombras en la habitación parecían cobrar vida, deformándose y retorciéndose en formas grotescas. La luz parpadeante del pasillo proyectaba siluetas inquietantes en las paredes, y cada susurro, cada gemido, resonaba en su mente como un eco macabro. No había escapatoria de esa pesadilla constante, una realidad deformada que la perseguía incluso en sus sueños.

Su madre, atrapada en su propia miseria, no veía la mirada de odio y resentimiento que Amarilis lanzaba al hombre. Estaba demasiado consumida por su propia tristeza, demasiado rota para proteger a su hija. Amarilis aprendió a sobrevivir en silencio, a esconder sus emociones y a construir muros alrededor de su corazón.

A medida que los días pasaban, el odio y el deseo de venganza crecían dentro de ella. Sabía que algún día, de alguna manera, tendría el poder para enfrentarse a ese monstruo y a otros como él. La pequeña Amarilis, con su inocencia robada, comenzó a tramar en silencio, sus pensamientos oscuros entrelazados con el deseo de justicia.

Cada mirada codiciosa, cada gesto vulgar, se grababa en su mente, alimentando una oscuridad que se iba gestando lentamente. En su interior, la promesa de que algún día sería ella quien tuviera el control, quien pudiera decidir sobre la vida y la muerte, se convirtió en su razón para seguir adelante.

Finalmente, después de años de abuso y tormento, la madre de Amarilis reunió el coraje para abandonar al padrastro. Una noche, después de una discusión particularmente violenta, donde el imbécil la agredió sexualmente, tomó la mano de Amarilis y, con lágrimas en los ojos y la determinación firme, huyó de aquella casa que había sido su prisión. Se refugiaron en un albergue para mujeres, donde comenzaron a reconstruir sus vidas, lejos del hombre que les había causado tanto dolor. Esta huida marcó un punto de inflexión en la vida de Amarilis, pero las cicatrices del pasado seguirían afectándola profundamente, moldeando sus decisiones futuras.

El hospital, con sus luces frías y sus pasillos interminables, se convirtió en el escenario perfecto para su venganza. Amarilis se movía entre las sombras, siempre atenta, siempre calculadora. Sabía que el tiempo de los monstruos llegaría a su fin, y ella sería la arquitecta de su caída.

Cada vez que miraba a un paciente vulnerable, in-extremis recordaba a ese hombre, y una sonrisa fría se dibujaba en su rostro. El terror que había sufrido se transformó en una fuerza poderosa, una determinación feroz que nadie sospechaba. En la UCIN, Amarilis no era solo una enfermera; era una sombra acechante, una presencia que controlaba el destino de los más débiles con una precisión aterradora.

Y así, el ciclo de terror continuaba, pero esta vez, Amarilis estaba al mando, su pasado sombrío guiando cada uno de sus movimientos, cada decisión tomada en la penumbra del hospital.

En su preadolescencia, Amarilis se convirtió en una maestra de la evitación. Cada situación que pudiera recordarle el abuso sufrido en su infancia era minuciosamente esquivada. Lugares cerrados le provocaban una claustrofobia insuperable, y estar a solas con hombres que le recordaban a su padrastro era algo que no podía soportar. Las cicatrices de su pasado gobernaban su comportamiento, delineando sus interacciones y sus movimientos como si fueran los contornos de una pesadilla constante.

Cuando se encontraba en un espacio reducido, el aire parecía volverse denso y asfixiante. Amarilis sentía que las paredes se cerraban sobre ella, aplastándola con recuerdos que prefería mantener enterrados. Evitaba los ascensores, los pequeños cuartos y cualquier lugar donde las sombras pudieran volver a cobrar vida y arrastrarla de nuevo al pasado. En la escuela, siempre elegía los asientos junto a las puertas o cerca de las ventanas, asegurándose de tener una vía de escape.

Su hipervigilancia era evidente en su vida diaria. Reaccionaba exageradamente a ruidos fuertes, movimientos bruscos o toques inesperados. Un portazo repentino la hacía saltar de su asiento, y su corazón comenzaba a latir descontroladamente, como si quisiera escapar de su pecho. Los movimientos bruscos a su alrededor la hacían retroceder, y un toque inesperado en el hombro podía provocarle sudoración y temblores incontrolables. Sus compañeros de clase la miraban con curiosidad y a veces con burla, pero Amarilis estaba más allá de preocuparse por sus opiniones; su única preocupación era mantener su mente y cuerpo bajo control.

Las noches eran especialmente difíciles. El silencio del hogar solo amplificaba sus recuerdos. Cada crujido de la madera, cada susurro del viento contra las ventanas, la llevaba de vuelta a esas noches aterradoras. Dormía con la luz encendida y una silla trabada contra la puerta, en un intento de crear una barrera entre ella y los monstruos que todavía poblaban su mente.

Amarilis también desarrolló una vigilancia constante. En cualquier situación, sus ojos estaban siempre en movimiento, escaneando el entorno en busca de amenazas. Aprendió a identificar las señales de peligro antes de que se manifestaran por completo, una habilidad que, aunque agotadora, le proporcionaba una ilusión de seguridad. Este estado de alerta perpetua se convirtió en una segunda naturaleza para ella, y aunque la hacía parecer distante y reservada, era su forma de mantenerse a salvo.

Las interacciones con los hombres eran las más difíciles. Cualquier hombre que tuviera un aire remotamente similar al de su padrastro la llenaba de una inquietud indescriptible. Evitaba a los maestros varones, los médicos, incluso a los padres de sus amigos. Prefería estar siempre en compañía de mujeres, en quienes encontraba una cierta medida de consuelo y seguridad. Si era inevitable estar en presencia de un hombre, mantenía la distancia, sus músculos tensos y listos para reaccionar a la menor señal de peligro.

La adolescencia de Amarilis fue una lucha constante entre el deseo de llevar una vida normal y la necesidad de protegerse de un pasado que nunca dejaba de acecharla. Cada día era una batalla silenciosa, y cada victoria era solo un respiro antes de la siguiente ola de ansiedad. Sin embargo, en medio de toda esa oscuridad, se fortalecía una determinación férrea. Amarilis juró que nunca más sería una víctima, y ese juramento se convirtió en la chispa que eventualmente la llevaría a tomar el control en la UCIN, a ser la sombra que decide sobre la vida y la muerte, guiada por un pasado que se negaba a quedarse enterrado.

Después de terminar la secundaria en su pueblo natal, Amarilis se trasladó a la capital para estudiar enfermería en el primer centro docente de salud del país. Decidida a escapar de los fantasmas de su pasado y encontrar un propósito en su vida, se inscribió en un bachillerato en enfermería con una concentración en la edad pediátrica. Los años que siguieron fueron una mezcla de desafíos y descubrimientos.

En la universidad, Amarilis se sumergió en sus estudios con una dedicación casi obsesiva. Pasaba largas horas en la biblioteca, memorizando términos médicos y aprendiendo sobre los diversos trastornos y tratamientos que afectaban a los niños. Sus calificaciones sobresalientes la distinguieron como una de las mejores estudiantes de su clase, y su habilidad natural para cuidar a los pacientes pequeños no pasó desapercibida.

A pesar de su talento, Amarilis no encontraba verdadera paz. Su devoción por los niños era un reflejo de su propio sufrimiento. Cada vez que miraba a un niño enfermo, veía un reflejo de su propia infancia rota. La inocencia de esos pequeños seres le recordaba constantemente que ella también había sido una víctima de las circunstancias, atrapada en una vida de abuso y dolor.

Durante sus prácticas clínicas, Amarilis se destacó en la unidad pediátrica. Su paciencia y ternura con los pequeños pacientes le ganaron el respeto de sus colegas y la admiración de los padres. Sin embargo, detrás de esa fachada de compasión y profesionalismo, su mente era un campo de batalla. Cada vez que sostenía la mano de un niño enfermo, la sombra de su pasado se cernía sobre ella, recordándole las noches de terror y los días de desesperanza.

Las noches en su pequeño apartamento de la capital eran solitarias y plagadas de recuerdos perturbadores. El eco de los gritos de su padrastro y la visión de su madre sufriendo seguían persiguiéndola. Dormía con la luz encendida, tratando de ahuyentar las sombras que parecían cobrar vida en la oscuridad. A menudo, se encontraba llorando en silencio, abrazada a una almohada que no podía ofrecer consuelo.

El trabajo en la unidad pediátrica le proporcionaba una especie de redención. Amarilis se aferraba a la idea de que, al cuidar de los niños, estaba protegiendo a su yo más joven, a la niña indefensa que no había tenido a nadie que la defendiera. Sin embargo, esa misma devoción comenzó a distorsionarse. Empezó a ver la fragilidad de la vida no solo como algo que debía ser protegido, sino también como algo que podía ser liberado del sufrimiento.

La presión y la oscuridad de su mente comenzaron a manifestarse de formas sutiles. Se volvía más reservada, sus ojos siempre vigilantes, escaneando constantemente su entorno en busca de amenazas invisibles. A menudo se sorprendía a sí misma imaginando escenarios en los que podía aliviar el dolor de los pequeños pacientes de manera definitiva, sus pensamientos oscureciéndose cada vez más.

La graduación llegó con honores, y Amarilis aceptó un puesto en el prestigioso Hospital Pediátrico Nacional. Sus colegas la admiraban por su dedicación y habilidades, pero nadie conocía la verdadera tormenta que se desataba dentro de ella. Amarilis se instaló en su nuevo trabajo, dispuesta a hacer todo lo posible para ayudar a los niños, aunque su concepto de ayuda comenzaba a ser peligrosamente ambiguo.

En la UCIN, la enfermera Amarilis Cintrón encontró el lugar perfecto para esconder sus demonios internos detrás de una máscara de compasión y profesionalismo. Mientras los monitores pitaban y las vidas de los pequeños pendían de un hilo, ella se movía con la precisión y frialdad de alguien que entendía profundamente el dolor y la desesperación. La sombra de su pasado seguía acechándola, guiando sus acciones y sus decisiones en una danza macabra entre la vida y la muerte.

Cuando era estudiante de enfermería, Amarilis conoció de forma fortuita a un joven llamado Esteban Fuertes. Esteban, quien estudiaba un doctorado en química, se la pasaba en el laboratorio como un ratón, siempre inmerso en sus investigaciones. A diferencia de Amarilis, que era reservada y cautelosa, Esteban era comunicativo, inteligente y bien parecido. Venía de Colombia como parte de un intercambio de estudiantes para terminar su doctorado en la misma universidad donde Amarilis estudiaba.

Un día, mientras estaba en la cafetería de la facultad de enfermería, Esteban se acercó a ella con una sonrisa abierta y una actitud amigable.

--Hola, ¿te compro un café?-- le dijo por primera vez, su voz llena de confianza.

Los estudiantes frecuentaban estos lugares en búsqueda de las chicas más lindas y jóvenes del recinto, y Esteban no fue la excepción. Cuando sus miradas se cruzaron directamente, algo se encendió dentro de ambos. Amarilis, más aprehensiva que Esteban, bajó la vista primero. Rechazó rotundamente la sugerencia de compartir una taza de café con él, su instinto de autoconservación al frente. Pero Esteban no se desanimó. Sabía que valía la pena insistir, y así, como la gota que cae repetidamente sobre una piedra hasta dejar una hendidura, persistió en su intento de conocerla.

A la tercera vez, la vencida, Amarilis finalmente accedió a tomar un café con él. Fue durante esa conversación que Esteban mencionó su trabajo en el laboratorio de química, y el interés de Amarilis aumentó notablemente. Había algo en la pasión de Esteban por su trabajo que despertaba la curiosidad de Amarilis, y ella se encontró escuchando atentamente mientras él explicaba sus investigaciones.

Esteban le contó que había sido enviado por el gobierno militar colombiano para estudiar el procesamiento de ricina, una sustancia altamente tóxica que había sido utilizada anteriormente como arma biológica. Su labor consistía en derivar suficiente cantidad de ricina y, al mismo tiempo, desarrollar un antídoto para su envenenamiento. Esta combinación de peligro y propósito noble resonó profundamente en Amarilis, despertando en ella una mezcla de admiración y un oscuro interés.

--Es fascinante, aunque peligroso-- dijo Amarilis, sus ojos brillando con una mezcla de curiosidad y algo más profundo que ni siquiera ella podía identificar completamente.

Esteban asintió, su entusiasmo evidente. --Sí, es un desafío, pero creo que es importante. Si logramos desarrollar un antídoto efectivo, podríamos salvar muchas vidas en caso de un ataque bioterrorista--.

Las palabras de Esteban encendieron una chispa en la mente de Amarilis. Aquí estaba un hombre no solo apasionado por su trabajo, sino también dedicado a proteger a los demás de un peligro invisible pero mortal. En su mente, comenzó a formarse una idea, una posibilidad de cómo podría utilizar este conocimiento para sus propios fines oscuros y distorsionados de "misericordia".

Las reuniones en la cafetería se hicieron más frecuentes, y cada conversación con Esteban se convertía en una lección valiosa. Amarilis absorbía la información como una esponja, aprendiendo sobre la química detrás de la ricina, sus efectos letales, y las dificultades para desarrollar un antídoto. Esteban, sin sospechar nada, compartía generosamente sus conocimientos, contento de tener a alguien interesado en su trabajo.

A medida que su relación avanzaba, Esteban se convirtió en un faro de luz en la vida de Amarilis, una conexión que ella nunca había experimentado antes. Sin embargo, la sombra de su pasado y la distorsión de su mente seguían acechando, y aunque admiraba a Esteban, también veía en su conocimiento una herramienta potencial para sus propios propósitos.

Amarilis sabía que debía ser cautelosa. La información que estaba obteniendo de Esteban podría ser peligrosa en las manos equivocadas, y ella se debatía entre la admiración genuina por él y el oscuro deseo de utilizar lo que aprendía. Así, cada taza de café, cada conversación, se convertía en una danza delicada entre la luz y la sombra, mientras Amarilis continuaba su camino hacia un futuro incierto, cargado de posibilidades tanto redentoras como destructivas.

III

Tres meses después de la inexplicable muerte del recién nacido, otro evento fatal sacudió la UCIN. Aunque los pacientes de la unidad frecuentemente fallecían debido a la prematuridad y condiciones médicas graves, este caso particular desafió toda explicación científica. El bebé afectado era un prematuro de veintiocho semanas de gestación que había nacido con 875 gramos de peso y un defecto de pared abdominal llamado onfalocele. Este defecto era inmenso, y el bebé había nacido por cesárea.

El Dr. Lucio Vicens, el cirujano principal, había determinado que el bebé necesitaba una sustancia esclerosante en la cubierta del defecto para que la piel creciera y protegiera la membrana que cubría los intestinos. El plan de manejo era esperar hasta que el bebé tuviera entre dos y tres años para reparar la hernia abdominal restante. De esta manera, el bebé podría ganar peso, alimentarse adecuadamente y evitar un procedimiento quirúrgico temprano, considerando que el hígado también formaba parte del defecto.

Habían pasado dos semanas desde el nacimiento del diminuto recién nacido. El defecto era tan grande como la cabeza del bebé, lo que afectó profundamente a Amarilis cada vez que lo atendía. No podía entender cómo un bebé en esa condición podía sobrevivir. Solo veía el sufrimiento del bebé y de sus padres, atrapados en una encrucijada dolorosa debido al defecto congénito y el bajo peso.

--¿Cómo sigue el bebé con onfalocele, Srta. Cintrón?-- preguntó una mañana el doctor Lucio Vicens durante su ronda.

Mientras examinaba el defecto congénito y el efecto de los agentes esclerosantes en la membrana, la enfermera Cintrón se aventuró a comentar y cuestionar:

--Se ve estable, pero no creo que vaya a sobrevivir con ese defecto. ¿Qué cree usted, doctor?--

--Por supuesto que va a sobrevivir. No le estamos haciendo nada invasivo, solo alimentándolo para que gane peso y aplicando Silvadene para que crezca piel. ¿Ves esas áreas más oscuras? Eso es piel creciendo encima de la membrana--, explicó el doctor Vicens.

--Claro, lo entiendo, doctor, pero esto va a tomar mucho tiempo y esos padres están sufriendo...--, dijo Amarilis con una mezcla de compasión y duda.

--Te entiendo, Amarilis, tienes un corazón hermoso, pero este es el plan de acción. Cuando gane al menos dos kilos de peso y la piel nueva cubra el defecto, podremos darlo de alta--, respondió el doctor con firmeza y empatía.

--Confío en usted, doctor--, murmuró Amarilis, aunque en su interior se sentía confundida.

--Gracias, ahora sigamos con este otro caso--, dijo el doctor Vicens mientras se movía de incubadora en incubadora, examinando superficialmente los casos quirúrgicos y revisando los datos de las computadoras sobre vitales y laboratorios más recientes, antes de escabullirse por la puerta de salida.

Amarilis se quedó reflexionando sobre lo que el médico le había dicho. Más aún, la actitud del doctor le recordaba inquietantemente a su padrastro, aquel hombre que había trastornado sus primeros años de vida y le había dejado traumas duraderos. Su mente comenzó a divagar, cuestionando si el sufrimiento del bebé y sus padres valía la pena el prolongado tratamiento. La sombra de su pasado oscurecía su percepción del presente, y una inquietante sensación de déjà vu se apoderó de ella.

El constante sufrimiento que observaba en la UCIN avivaba recuerdos dolorosos y distorsionados de su propia infancia, aumentando su convicción de que liberar a estos pequeños seres del dolor podría ser un acto de compasión, una forma retorcida de misericordia que solo ella entendía.

Por segunda ocasión en el año en curso, los monitores del bebé con el defecto de pared abdominal se descontrolaron, emitiendo alarmas que indicaban el desarrollo de una arritmia cardíaca conocida como fibrilación ventricular. El personal médico reaccionó de inmediato, intubando al paciente y comenzando la resucitación cardiopulmonar. Durante cuarenta y cinco minutos, el equipo trabajó incansablemente, tratando de estabilizar al diminuto paciente. A pesar de sus esfuerzos, el bebé fue declarado muerto a las 2:20 pm.

El Dr. Lucio Vicens se encontraba en la institución impartiendo una conferencia a los estudiantes de medicina cuando recibió una notificación en su aplicación de WhatsApp sobre el evento fatídico. La noticia lo dejó helado. Había dejado al bebé estable esa misma mañana, tolerando la leche materna sin complicaciones aparentes. Terminada la conferencia, se apresuró a la unidad de cuidados intensivos neonatales para averiguar qué había pasado.

Al llegar a la UCIN, la atmósfera era pesada y tensa. Los monitores emitían sus pitidos habituales, pero un aire de tristeza palpable se cernía sobre el personal. Amarilis, con una expresión de profunda tristeza en su rostro, se acercó al doctor Lucio Vicens para informarle de los detalles.

--¿Qué ocurrió con el bebé?-- preguntó Lucio, su voz cargada de preocupación y agotamiento.

--Doctor, los monitores detectaron una fibrilación ventricular. Iniciamos la resucitación inmediatamente y trabajamos durante cuarenta y cinco minutos, pero no pudimos salvarlo--, respondió Amarilis, sus ojos evitando el contacto directo.

Lucio se dirigió a la incubadora vacía, sus pensamientos llenos de confusión y frustración. Recorrió mentalmente los pasos que había tomado, buscando cualquier signo que hubiera pasado por alto.

--Lo dejamos estable esta mañana. Estaba tolerando la leche materna sin problemas. No entiendo qué pudo haber salido mal tan de repente--, murmuró para sí mismo, aunque Amarilis pudo escucharlo claramente.

La enfermera asintió, compartiendo la confusión del doctor. Sin embargo, dentro de ella, un torbellino de emociones y pensamientos oscuros se agitaban. Aunque mostraba compasión y profesionalismo, su mente estaba en constante batalla entre la apariencia y sus acciones ocultas.

--Haremos una revisión exhaustiva del expediente y los monitores. Debemos entender qué pasó--, dijo Lucio, intentando recuperar su compostura. Quizás él bebe aspiro alimento masivamente, elucubró.

Mientras se dirigía a revisar los registros, la sombra del pasado de Amarilis seguía acechando, alimentando sus pensamientos distorsionados sobre la compasión y el alivio del sufrimiento. El eco de sus traumas infantiles resonaba con cada paso, recordándole que, a su manera torcida, ella creía estar haciendo lo correcto.

Como una película repetida, se procedió a llevar a cabo todo el protocolo establecido para una muerte sin causa médica justificable. El proceso comenzó con una autopsia estándar, seguida de un análisis toxicológico exhaustivo para detectar las sustancias más comunes, incluyendo aquellas que el paciente recibía por cualquier vía existente.

La sala de autopsias del Hospital Pediátrico Nacional estaba iluminada con luces frías y brillantes que acentuaban el ambiente clínico y desapasionado del lugar. Los forenses, vestidos con batas blancas y guantes de látex, trabajaban con precisión meticulosa. El diminuto cuerpo del bebé, ahora inerte, yacía en la mesa de acero inoxidable, mientras los instrumentos quirúrgicos brillaban a la espera de ser utilizados.

El Dr. Lucio Vicens observaba desde la ventana de la sala, su rostro reflejando una mezcla de tristeza y determinación. Había visto demasiadas muertes inexplicables en la UCIN y estaba decidido a encontrar respuestas. Cada paso del protocolo era seguido rigurosamente: la apertura del cuerpo, la inspección minuciosa de los órganos, la recolección de muestras de sangre y tejidos para el análisis toxicológico.

Mientras tanto, Amarilis Cintrón continuaba con su rutina diaria, pero algo en su comportamiento había cambiado. Aunque mantenía su fachada de profesionalismo, aquellos que la conocían bien notaban un leve temblor en sus manos y una mirada ausente en sus ojos. Dentro de ella, una tormenta de emociones y pensamientos oscuros se agitaba, recordándole sus propias cicatrices y traumas.

Los padres del bebé llegaron de inmediato a la UCIN, sus rostros marcados por la desesperación y el dolor. Se tiraron al suelo llorando desconsoladamente por la pérdida de su único hijo. Había sido un momento trágico para una familia que llevaba mucho tiempo sometiéndose a tratamientos de fertilización, ya que no podían tener hijos debido a la oligospermia del padre. Una implantación directa de un óvulo fecundado en el laboratorio con los ovocitos de la madre y los pocos espermatozoides del padre había producido al bebé que recién había muerto.

La visión de los padres destrozados se clavó profundamente en el corazón de Amarilis. Sus lágrimas y gritos resonaban en los pasillos de la UCIN, y la intensidad de su dolor era palpable. Recordaba los propios gritos silenciosos de su infancia, y una oscura empatía se mezclaba con su ya distorsionada visión de la misericordia.

El laboratorio de toxicología recibió las muestras y comenzó el proceso de análisis. Los técnicos trabajaban con máquinas sofisticadas, buscando rastros de cualquier sustancia que pudiera haber causado la muerte del bebé. La lista incluía desde medicamentos comunes hasta toxinas exóticas, cualquier cosa que pudiera arrojar luz sobre lo ocurrido.

Días después, los resultados llegaron: no se encontraron sustancias inusuales en el sistema del bebé. La causa de muerte seguía siendo un misterio, él bebe no había aspirado comida. Esto solo incrementó la frustración y el desconcierto entre el personal del hospital. La sombra de la duda comenzaba a cernirse sobre la UCIN, y murmullos de preocupación se extendían entre los médicos y enfermeras.

El Dr. Vicens, insatisfecho con los resultados, decidió que era necesario realizar pruebas adicionales. Ordenó un análisis más profundo, incluyendo pruebas para detectar compuestos menos comunes y más difíciles de identificar. Sabía que algo estaba mal, y no descansaría hasta descubrir qué era.

Mientras tanto, Amarilis se debatía internamente. Sabía que cada vez era más arriesgado continuar con sus acciones, pero el impulso de liberar a los pequeños del sufrimiento persistía. La dualidad de su ser, dividida entre la enfermera compasiva y el ángel oscuro de la muerte, la consumía lentamente.

Cada muerte era un recordatorio de su propia impotencia y de la necesidad de ejercer control en un mundo que le había arrebatado todo. Amarilis se movía como una sombra entre los pasillos del hospital, sus pensamientos cada vez más oscuros y distorsionados. La UCIN, un lugar de esperanza y lucha por la vida, se convertía en el escenario de su macabro teatro de misericordia mal entendida.

El silencio opresivo de la noche en el hospital solo era roto por los pitidos de los monitores y los susurros del personal, ajenos a la presencia siniestra que acechaba entre ellos. Amarilis, con una calma perturbadora, continuaba su rutina, siempre observando, siempre esperando el momento oportuno para actuar. Sabía que el tiempo de los secretos estaba llegando a su fin, y que la verdad, por oscura que fuera, eventualmente saldría a la luz.

La visión de los padres desconsolados, cuyo bebé era el producto de un arduo tratamiento de fertilización, no hacía más que fortalecer su retorcida convicción. Ella creía estar ayudando a estas familias, liberándolas de un sufrimiento que conocía demasiado bien. Mientras los padres lloraban, Amarilis observaba desde la sombra, su corazón dividido entre la compasión y la oscuridad.

El personal de la unidad se volvió reservado sobre lo que estaba ocurriendo. Se miraban unos a otros con recelo, buscando un posible culpable. La confianza se había erosionado y cada acción era observada con suspicacia. Todo se documentaba con una precisión obsesiva. Sabían que era cuestión de tiempo antes de que algo similar volviera a suceder y estaban al acecho, decididos a descubrir qué estaba pasando.

La atmósfera en la UCIN era tensa, casi palpable. Enfermeras y médicos, que antes trabajaban en armonía, ahora realizaban sus tareas con una cautela extrema. Las conversaciones se habían reducido a lo estrictamente necesario, y los intercambios de miradas eran frecuentes, llenos de sospecha. Cada procedimiento, cada medicación administrada, era cuidadosamente anotada y revisada, buscando cualquier indicio de irregularidad.

Amarilis se movía entre ellos, manteniendo su fachada de profesionalismo y compasión. Pero dentro de ella, la tensión crecía. Sabía que el ambiente de sospecha hacía que sus acciones fueran cada vez más arriesgadas. Sin embargo, el impulso de continuar con su macabro plan de "misericordia" era más fuerte. Observaba a sus colegas con una mezcla de calculada calma y creciente paranoia.

Cada turno en la UCIN era como caminar sobre una cuerda floja. Los monitores emitían sus pitidos constantes, las luces fluorescentes iluminaban los rostros cansados y vigilantes del personal. Las reuniones de cambio de turno se habían transformado en sesiones de análisis meticuloso, donde cada detalle de las últimas horas era examinado con lupa. El Dr. Lucio Vicens, sintiendo la presión creciente, convocó una reunión con todo el personal para abordar la situación.

--Entiendo que todos estamos preocupados y que la confianza se ha visto afectada--, comenzó el Dr. Vicens, su voz firme pero con un matiz de cansancio. --Pero debemos mantener la calma y seguir los protocolos con más rigor que nunca. No podemos permitir que el miedo nos paralice--.

Las palabras del doctor resonaron en la sala, pero no lograron disipar del todo la nube de sospecha. Amarilis observaba desde un rincón, su mente trabajando febrilmente para asegurarse de que sus próximas acciones fueran impecables, sin dejar rastros que pudieran incriminarla. Sabía que un paso en falso podría ser su perdición, pero su determinación era inquebrantable.

El personal, mientras tanto, continuaba con su vigilancia, anotando cada detalle y observando cada movimiento. Las noches eran especialmente difíciles, cuando el silencio del hospital se volvía opresivo y cada sombra parecía cobrar vida. Las sospechas no solo se cernían sobre el personal de la UCIN, sino también sobre los procedimientos y la tecnología que utilizaban. Cada error, por pequeño que fuera, era magnificado bajo la lupa de la desconfianza.

Amarilis, consciente de que estaba bajo escrutinio constante, ajustó su estrategia. Se volvió aún más meticulosa, cuidando cada detalle de sus acciones. Sabía que debía mantener su fachada impecable mientras continuaba su perturbadora misión de "misericordia". La línea entre su compasión y su oscuridad se desdibujaba cada vez más, alimentada por los recuerdos de su propio sufrimiento y la creencia retorcida de que estaba haciendo lo correcto.

El ambiente en la UCIN seguía siendo tenso, pero Amarilis sabía que mientras pudiera mantener el control, su secreto seguiría a salvo. El personal estaba al acecho, pero ella también, siempre un paso adelante, siempre dispuesta a actuar cuando el momento fuera el adecuado.

La tensión continuaba aumentando, y el hospital, un lugar de esperanza y sanación, se había convertido en un escenario de sospecha y miedo. Cada día que pasaba, la sombra de la verdad se cernía más cerca, y Amarilis sabía que el desenlace estaba cada vez más cerca, inevitable y cargado de consecuencias.

Por su parte, la alta gerencia del comité ejecutivo de la institución se reunió para determinar el curso de acción adecuado ante lo que estaba ocurriendo. Sabían que era imperativo informar a las autoridades pertinentes y abrir una investigación criminal de forma confidencial, para evitar que se afectara la imagen de la institución frente a la comunidad.

La reunión se llevó a cabo en una sala de conferencias aislada del bullicio habitual del hospital. Las expresiones serias y preocupadas de los directivos reflejaban la gravedad de la situación. El director ejecutivo del hospital, con el ceño fruncido, inició la conversación:

--Debemos actuar con rapidez y discreción. No podemos permitir que estas muertes inexplicables continúen sin tomar medidas--, dijo, su voz firme pero llena de preocupación.

--Estoy de acuerdo--, respondió uno de los miembros del comité.

--Pero debemos ser extremadamente cuidadosos. Si la noticia se filtra, podríamos enfrentar una crisis de confianza con la comunidad y una ola de pánico entre los padres de los niños hospitalizados aquí.--

Se decidió que la mejor estrategia era iniciar una investigación interna primero, mientras se preparaban para contactar a las autoridades de salud y, eventualmente, a la policía. La confidencialidad era crucial; cualquier indicio de negligencia o crimen debía manejarse con la mayor discreción posible.

--Necesitamos asegurar que todas las pruebas y registros sean revisados minuciosamente--, agregó otro directivo.

--Nada puede quedar al azar. Debemos encontrar la causa de estas muertes, sea lo que sea.--

La directiva comenzó a delinear un plan de acción. Se designó a un equipo especializado para revisar todos los expedientes de los bebés fallecidos, desde sus historias clínicas hasta los registros de medicación y las grabaciones de las cámaras de seguridad en la UCIN. Cada detalle sería examinado a fondo.

Mientras tanto, Amarilis continuaba con su rutina, ajena en apariencia a la creciente tormenta. Sin embargo, sabía que el tiempo se estaba agotando. La presencia de la alta gerencia en la UCIN y las miradas inquisitivas de sus compañeros le indicaban que la situación se estaba volviendo insostenible.

El equipo de investigación interna comenzó su labor de inmediato. Cada expediente revisado era una pieza del rompecabezas que intentaban armar. Las autopsias se volvieron más detalladas y se solicitaron análisis toxicológicos adicionales. Los movimientos de los empleados eran monitoreados con mayor rigor, y cualquier comportamiento sospechoso era reportado y evaluado.

La tensión en la UCIN crecía a diario. Los murmullos y las miradas furtivas se intensificaban. El personal sabía que algo oscuro estaba ocurriendo, y la presión de la alta gerencia solo aumentaba el nerviosismo general.

--No podemos permitir que esto continúe en la sombra--, dijo el director en una de las reuniones de seguimiento.

--Si alguien está haciendo daño a nuestros pacientes, lo encontraremos y lo llevaremos ante la justicia.--

La imagen del hospital estaba en juego, y la alta gerencia lo sabía. Cada decisión debía tomarse con precisión y delicadeza para proteger la institución y, más importante aún, a los pequeños pacientes vulnerables.

Amarilis, mientras tanto, perfeccionaba su máscara de profesionalismo y compasión. Sabía que sus días de libertad para actuar eran limitados, pero su convicción seguía firme. En su mente, cada acción estaba justificada por un retorcido sentido de misericordia. Sin embargo, la creciente vigilancia y la sensación de que el cerco se estrechaba comenzaban a afectarla.

La alta gerencia, comprometida a resolver el misterio y detener la ola de muertes inexplicables, se movía con determinación. Sabían que la verdad, por dolorosa que fuera, debía salir a la luz, y que era su responsabilidad proteger a los más vulnerables bajo su cuidado.

El hospital, un lugar de esperanza y curación, se había convertido en un campo de batalla invisible, donde la confianza, la ética y la seguridad estaban en juego. La sombra de la verdad se cernía más cerca, y todos sabían que el desenlace estaba cada vez más próximo, inevitable y cargado de consecuencias.

Revisando los expedientes de los últimos diez años, el equipo de investigación interna descubrió un patrón inquietante: ocho muertes adicionales de neonatos en los últimos cinco años que carecían de una explicación médica coherente. Esta revelación profundizó aún más el misterio y aumentó la urgencia de la situación.

Cada expediente revisado contaba una historia similar. Neonatos que inicialmente parecían estables, pero que de repente sufrían complicaciones fatales sin causa aparente. Las muertes, aunque espaciadas en el tiempo, mostraban patrones que antes habían pasado desapercibidos. La revisión detallada de estos casos revelaba que, en muchos de ellos, los registros eran meticulosos, pero algo no cuadraba. Las causas de muerte eran ambiguas y las autopsias no arrojaban resultados concluyentes.

La alta gerencia se reunió de nuevo, ahora con una sensación de urgencia aún mayor. El director del hospital, con una expresión grave, abrió la reunión:

--No podemos ignorar esto. Ocho muertes adicionales, todas sin explicación médica coherente. Tenemos que asumir que estamos ante un problema grave y potencialmente criminal--, dijo, mirando a los miembros del comité.

Uno de los directivos, especializado en epidemiología, tomó la palabra: --Estos patrones son demasiado consistentes para ser coincidencias. Necesitamos profundizar en cada caso, revisar cada detalle, y considerar la posibilidad de que alguien dentro de nuestra institución esté involucrado en estos eventos.

Se decidió que, además de la investigación interna, era imperativo contactar a las autoridades policiales. La confidencialidad seguía siendo crucial, pero la gravedad de la situación requería la intervención de expertos en criminología y medicina forense externa.

Mientras tanto, en la UCIN, la atmósfera de sospecha y tensión continuaba aumentando. El personal, consciente de la revisión exhaustiva de los expedientes y de la creciente vigilancia, trabajaba bajo una presión constante. Amarilis, aunque externa a las decisiones de la alta gerencia, sentía el peso de las miradas inquisitivas y el ambiente cargado.

El equipo forense externo llegó al hospital para colaborar con la investigación. Su enfoque se centró en las similitudes entre los casos, buscando cualquier indicio que pudiera señalar un modus operandi específico. Analizaron las historias clínicas, las circunstancias de las muertes, y los registros de medicamentos administrados. Todo detalle, por insignificante que pareciera, era investigado.

Amarilis se movía con una cautela redoblada. Sabía que cualquier error podría delatarla. Cada vez que los investigadores se acercaban a revisar un expediente o preguntaban sobre los procedimientos, su corazón latía con fuerza. La presión era inmensa, pero su determinación permanecía inquebrantable. En su mente, seguía justificando sus acciones como actos de misericordia, aunque sabía que la verdad estaba peligrosamente cerca de ser descubierta.

La revisión de los expedientes antiguos reveló más detalles perturbadores. En varios casos, se observó que los bebés habían mostrado mejoría antes de sucumbir repentinamente a complicaciones inexplicables. Los registros de los turnos indicaban que Amarilis había estado presente en muchos de estos momentos críticos, un detalle que no pasó desapercibido para los investigadores.

El Dr. Lucio Vicens, informado de los hallazgos preliminares, comenzó a conectar los puntos. Su mente analítica y su experiencia médica lo llevaron a sospechar que algo siniestro se escondía detrás de las muertes. Su confianza en Amarilis se tambaleaba, y aunque no quería creerlo, los indicios comenzaban a apuntar en una dirección alarmante.

La alta gerencia, consciente de la creciente evidencia, intensificó la vigilancia y el monitoreo del personal. Se instalaron cámaras adicionales y se implementaron protocolos más estrictos para el manejo de medicamentos y el acceso a los pacientes. La UCIN se convirtió en un lugar de constante supervisión, donde cada movimiento era observado y registrado.

IV

Era tiempo de alertar a las autoridades policiales. El caso se asignó a una experta en crímenes en instituciones hospitalarias y doctora en pediatría, Leticia Morán. La Dra. Morán, conocida por su precisión y determinación, era la persona ideal para enfrentar este complejo y perturbador caso.

Era una mujer imponente, con una altura cercana a los seis pies y un peso de 155 libras, lo que le confería una presencia física notable. Sus ojos castaños eran penetrantes, y su sonrisa, que parecía denotar que sabía lo que uno estaba pensando, completaba su impresionante currículum. Esta capacidad de leer a las personas y prever sus movimientos la hacía una investigadora formidable.

Vestía impecablemente. Llevaba una camisa, corbata y pantalón de una marca sofisticada, complementados con zapatos Christian Louboutin de suela roja. Todo en su apariencia indicaba que el dinero fluía con facilidad en su entorno.

Leticia había resuelto varios crímenes en instituciones hospitalarias y académicas con una precisión sorprendente. Su reputación como experta en desentrañar los casos más complejos la precedía, y su enfoque meticuloso y detallado la hacía temida y respetada en igual medida.

Además, Leticia era lesbiana y convivía con una jueza del tribunal federal, lo cual le daba una ventaja en cualquier investigación, ya que podía allegar los recursos necesarios a tiempo. Esta relación le proporcionaba un acceso privilegiado a información y apoyo legal, lo que la convertía en una fuerza aún más poderosa dentro de su campo.

Leticia Morán no solo era una investigadora brillante, sino también una mujer con un fuerte sentido de la justicia y una inquebrantable determinación. Cada caso que tomaba era una misión personal, y no descansaba hasta que la verdad saliera a la luz. Su combinación de habilidades académicas y experiencia práctica la convertían en la candidata ideal para abordar los inquietantes sucesos en la UCIN.

Leticia Morán llegó al hospital con la eficiencia y profesionalismo que la caracterizaban. Con un porte firme y una mirada aguda, se reunió de inmediato con la alta gerencia y el equipo de investigación interno. Su experiencia tanto en pediatría como en la investigación de crímenes hospitalarios la hacía especialmente adecuada para desentrañar el misterio que envolvía las muertes inexplicables en la UCIN.

--Gracias por su cooperación y discreción en este asunto tan delicado--, dijo Leticia mientras se dirigía a la sala de conferencias.

--He revisado los informes preliminares y estoy al tanto de las ocho muertes adicionales en los últimos cinco años. Mi objetivo es identificar cualquier patrón o irregularidad que nos lleve a una explicación.--

La Dra. Morán comenzó por revisar cada expediente detalladamente, cruzando información con los registros de personal y turnos de trabajo. Notó inmediatamente que Amarilis Cintrón había estado presente en muchos, sino todos, los momentos críticos de las muertes. Este patrón no podía ser una mera coincidencia.

--Necesitamos realizar entrevistas exhaustivas con todo el personal de la UCIN--, ordenó Leticia.

--Quiero conocer sus rutinas, cualquier comportamiento inusual, y cualquier cambio reciente en sus vidas profesionales o personales.--

El personal de la UCIN fue citado uno por uno para ser interrogado por la Dra. Morán y su equipo. Las preguntas eran minuciosas, indagando en sus movimientos durante los turnos, sus relaciones con los pacientes y sus colegas, y cualquier observación extraña que pudieran haber hecho. Amarilis, al igual que los demás, fue entrevistada. Mantuvo su compostura, respondiendo con la misma profesionalidad que siempre la había caracterizado.

--He trabajado aquí durante cinco años, siempre poniendo el bienestar de los bebés como mi prioridad--, dijo Amarilis con voz firme pero serena.

--Estas muertes me afectan profundamente, y haré todo lo que pueda para ayudar en la investigación.—añadió.

A pesar de su aparente sinceridad, Leticia notó una frialdad calculada en sus respuestas. Había algo en la forma en que Amarilis hablaba de los bebés y su sufrimiento que no cuadraba. La Dra. Morán sabía que debía proceder con cautela pero sin perder tiempo.

Paralelamente, Leticia revisó los registros de todos los medicamentos administrados, las cámaras de seguridad y los informes de las autopsias anteriores. Cada detalle era crucial para entender el panorama completo. Encontró inconsistencias en los registros de medicamentos y observó patrones de comportamiento que indicaban una posible manipulación.

La Dra. Morán también colaboró estrechamente con el Dr. Lucio Vicens, quien, a pesar de su propia confusión y dolor, proporcionó información valiosa sobre los casos. Juntos, comenzaron a construir una línea de tiempo y a mapear las conexiones entre las muertes.

--Doctor Lucio, necesito que me hable más sobre Amarilis--, pidió Leticia.

--Cualquier cosa, por pequeña que sea, puede ser crucial.--

--Amarilis siempre ha sido una enfermera dedicada--, respondió Lucio, su voz cargada de dudas.

--Pero en retrospectiva, he notado que estaba presente en momentos críticos de varios casos. No quiero hacer acusaciones sin fundamento, pero algo no parece estar bien.--

Con esta información, Leticia intensificó la vigilancia sobre Amarilis. Se instalaron cámaras adicionales y se revisaron meticulosamente las grabaciones existentes. Cualquier interacción que Amarilis tuviera con los pacientes y los medicamentos era monitoreada.

El cerco se cerraba lentamente. Leticia Morán sabía que se estaba acercando a la verdad, una verdad oscura y perturbadora que amenazaba con desentrañar no solo la profesionalidad de una enfermera, sino también la confianza que el hospital había construido a lo largo de los años.

En medio de esta creciente tensión, Amarilis seguía su rutina, cada vez más consciente de que sus acciones pasadas estaban a punto de alcanzarla. La alta gerencia, el personal y ahora la policía, todos estaban unidos en un objetivo común: descubrir la verdad y proteger a los pacientes más vulnerables.

Los casos de eutanasia misericordiosa disminuyeron repentinamente. No cabía duda de que el responsable de los crímenes estaba en alerta. La presencia imponente de Leticia Morán había causado un impacto significativo. Era solo cuestión de tiempo antes de que se desenmascarara al asesino.

Durante ese período de calma tensa, la UCIN pareció respirar un poco más fácilmente. Los monitores continuaron con sus pitidos regulares y los cuidados médicos siguieron sin interrupciones, pero una sensación de vigilancia constante permeaba el ambiente. Los empleados eran más cautelosos en sus interacciones, conscientes de que cada movimiento era observado.

Leticia, con su mirada incisiva y su mente analítica, mantenía una vigilancia rigurosa. Su presencia en los pasillos y su participación activa en las reuniones del personal infundían una mezcla de respeto y temor. Sus preguntas eran precisas, y sus inspecciones meticulosas dejaban claro que no se dejaría engañar fácilmente.

Las enfermeras y los médicos, aunque comprometidos con su trabajo, no podían evitar sentir la presión de estar bajo un escrutinio constante. La calma forzada se sentía frágil, como si pudiera romperse en cualquier momento. Sin embargo, la sensación de seguridad aumentaba con la certeza de que Leticia estaba allí para proteger a los más vulnerables.

Amarilis, a pesar de su destreza para ocultar sus verdaderas intenciones, sentía la creciente tensión. Sabía que cualquier error, por pequeño que fuera, podría llevar a su descubrimiento. Su rutina se volvió aún más precisa, su comportamiento más controlado, mientras trataba de evitar levantar sospechas.

Cada día, Leticia revisaba los registros de medicamentos, cruzaba información de las cámaras de seguridad y entrevistaba al personal. Su objetivo era claro: encontrar patrones, detectar inconsistencias y desenmascarar al culpable. Sabía que el asesino, quienquiera que fuera, debía estar sintiendo la presión de su presencia.

El hospital, aunque en una tregua temporal, seguía siendo un campo de batalla silencioso. La sombra de los crímenes anteriores aún pesaba, y todos sabían que el peligro no había pasado completamente. La determinación de Leticia Morán era un faro en esa oscuridad, y su habilidad para desentrañar los casos más complejos era la esperanza de justicia para las pequeñas vidas perdidas.

Leticia sabía que era solo cuestión de tiempo. El asesino podía haber reducido sus actividades, pero no podía esconderse para siempre. Con cada día que pasaba, se acercaba más a descubrir la verdad. La calma que había descendido sobre la UCIN era precaria, y Leticia estaba lista para actuar en el momento exacto.

En esa atmósfera de espera y vigilancia, la UCIN continuaba su labor. La presencia de Leticia Morán, con su combinación de intelecto y autoridad, había cambiado el equilibrio. El asesino sabía que el tiempo se agotaba, y

Leticia estaba decidida a no descansar hasta que la justicia prevaleciera.

La sensación de que nada ocurre produce una complacencia en el ser humano que lo disipa de la duda, llevándolo a creer que ya todo ha pasado cuando, en realidad, simplemente está por empezar.

En la UCIN, esta complacencia comenzó a instalarse lentamente entre el personal. La reducción de los casos de eutanasia misericordiosa y la aparente calma bajo la vigilancia de Leticia Morán generaron un respiro de alivio entre los médicos y enfermeras. Sin embargo, esta tranquilidad era engañosa. La falta de incidentes recientes les hizo bajar la guardia, pensando que el peligro había pasado.

Amarilis, quien había perfeccionado su fachada de profesionalismo, observaba este cambio con una mezcla de interés y cautela. Sabía que la verdadera tormenta aún no había llegado y que la complacencia de sus colegas podría ser su aliada. La sombra de sus acciones pasadas seguía presente, pero oculta bajo la apariencia de normalidad que todos habían comenzado a aceptar.

Leticia Morán, con su aguda percepción, no se dejaba engañar por esta calma superficial. Sabía bien que el sentido de seguridad podría ser una trampa peligrosa. Continuaba su labor con la misma intensidad, revisando expedientes, entrevistando al personal y analizando cada detalle en busca de inconsistencias. Su intuición le decía que el asesino solo estaba esperando el momento adecuado para actuar de nuevo.

El personal, por otro lado, empezaba a relajarse, a reír un poco más en los pasillos y a recuperar algo de la camaradería perdida. Pero esta paz era frágil, y Leticia lo sabía. Había visto demasiados casos donde el criminal se aprovechaba de la complacencia para atacar de nuevo.

El clima en la UCIN era una mezcla de alivio y latente tensión. La vigilancia había aumentado, pero la percepción de que el peligro había pasado se hacía cada vez más fuerte. Amarilis, con su habilidad para mantenerse invisible entre sus colegas, observaba y esperaba. Sabía que la paciencia era su mejor aliada y que cualquier movimiento en falso de su parte podría desmoronar su meticulosa fachada.

Entonces, Leticia decidió aumentar la presión. Convocó una reunión con todo el personal de la UCIN, donde reiteró la importancia de no bajar la guardia y de mantener los protocolos de vigilancia al máximo. Su presencia firme y su discurso incisivo recordaron a todos que el caso aún estaba abierto y que el peligro podía resurgir en cualquier momento.

--No debemos permitir que la calma nos engañe--, dijo Leticia, su mirada recorriendo a cada uno de los presentes.

--La ausencia de incidentes recientes no significa que hayamos eliminado la amenaza. Debemos estar más atentos que nunca.--

La reunión tuvo el efecto deseado. La sensación de complacencia comenzó a disiparse, reemplazada por una renovada vigilancia. El personal entendió que la tranquilidad podría ser el preludio de un nuevo intento del asesino, y la sombra de la duda volvió a instalarse entre ellos.

Amarilis, consciente del cambio en la atmósfera, ajustó sus planes. Sabía que Leticia no se detendría hasta encontrar la verdad y que su propio margen de error se estrechaba cada vez más. Sin embargo, su convicción de que sus actos eran una forma de misericordia seguía impulsándola. Estaba lista para actuar cuando el momento fuera el adecuado.

La sensación de que nada ocurre es engañosa. En la UCIN, bajo la apariencia de normalidad, la tensión seguía creciendo. La verdadera batalla entre la justicia y el crimen, entre la calma y la tormenta, apenas estaba por comenzar. Leticia Morán, con su incansable búsqueda de la verdad, estaba preparada para enfrentarlo, y Amarilis, en la penumbra de sus acciones, esperaba el desenlace de este inquietante juego de sombras.

V

La relación entre Amarilis y Esteban fue creciendo entre libros, exámenes y estudios. Lo que comenzó como un simple intercambio de palabras en la cafetería de la facultad se transformó en una conexión profunda, alimentada por largas horas de estudio y conversaciones interminables sobre sus respectivas disciplinas. Ambos encontraban en el otro una compañía estimulante y reconfortante en medio del arduo ritmo académico.

Esteban, con su inteligencia brillante y su pasión por la química, se convirtió en un pilar de apoyo para Amarilis. Sus días estaban llenos de discusiones sobre teorías científicas, intercambios de apuntes y mutuo apoyo en los exámenes. Esteban admiraba la dedicación y la empatía de Amarilis hacia sus pacientes, mientras que Amarilis se sentía inspirada por la mente inquisitiva y la determinación de Esteban en su investigación sobre la ricina.

Las tardes en la biblioteca eran un ritual compartido. Sentados juntos en una mesa rodeada de libros y apuntes, sus manos se rozaban casualmente mientras buscaban información en sus laptops. En esos momentos, el bullicio del campus se desvanecía, y el mundo parecía reducirse a los susurros y murmullos de sus conversaciones. Esteban a menudo ayudaba a Amarilis a comprender complejos conceptos de química, mientras ella le ofrecía una perspectiva clínica y humana sobre los casos que estudiaban.

Uno de esos días, después de horas de estudio, Esteban decidió abrirse más a Amarilis. Sabía que había algo oscuro y doloroso en su pasado, algo que la hacía mantener una barrera emocional, pero quería que supiera que podía confiar en él.

--Amarilis, sé que has pasado por cosas difíciles-- dijo Esteban, su voz suave y llena de sinceridad. --Quiero que sepas que puedes contar conmigo para lo que necesites. No tienes que cargar con todo sola.

Amarilis lo miró, sus ojos reflejando una mezcla de sorpresa y gratitud. Había mantenido su dolor oculto durante tanto tiempo que la idea de compartirlo con alguien la asustaba y reconfortaba a la vez.

--Gracias, Esteban-- respondió ella, su voz quebrada por la emoción. --Es difícil hablar de ciertas cosas, pero aprecio tu apoyo más de lo que puedes imaginar.

A medida que su relación se profundizaba, Esteban también comenzó a compartir más sobre su propia vida. Le habló de su familia en Colombia, de sus aspiraciones y de las dificultades que había enfrentado para llegar a donde estaba. Estas confesiones crearon un vínculo aún más fuerte entre ellos, basado en la confianza y la comprensión mutua.

Sin embargo, en medio de esta conexión creciente, Amarilis no podía ignorar el oscuro impulso que la había acompañado desde su infancia. A pesar de sus mejores esfuerzos por encontrar normalidad y felicidad con Esteban, los recuerdos de su padrastro y el dolor que había sufrido seguían acechándola. Estos fantasmas del pasado se entrelazaban con su vida presente, distorsionando su percepción de la misericordia y la compasión.

Esteban, aunque ajeno a los detalles más oscuros de los pensamientos de Amarilis, podía sentir que había algo más profundo que aún no compartía. Decidió ser paciente, convencido de que con el tiempo, ella se abriría por completo.

En el laboratorio, Esteban continuaba con su investigación sobre la ricina, a veces con Amarilis a su lado, observando y aprendiendo. Los experimentos y descubrimientos que hacían juntos no solo fortalecían su relación profesional, sino que también los unían más en un nivel personal. Amarilis, fascinada por el conocimiento de Esteban, absorbía cada detalle, consciente de cómo esa información podría aplicarse en su oscuro mundo interior.

La relación entre Amarilis y Esteban era un refugio en medio de sus vidas agitadas, un lugar donde podían encontrar consuelo y comprensión. Sin embargo, mientras el amor y la confianza florecían, la sombra de las acciones pasadas de Amarilis y su retorcida visión de la misericordia continuaban acechando, amenazando con oscurecer la luz que habían encontrado juntos.

Esteban tenía un apartamento cerca del campus donde estudiaba. Era un pequeño espacio de un cuarto y un baño que rentaba por la irrisoria suma de ciento cincuenta y ocho mil pesos mensuales. Ubicado a solo media milla de distancia, este complejo de apartamentos era el refugio de cientos de estudiantes de medicina, salud pública, fisiatría, enfermería y farmacia. Asequible y cercano, proporcionaba el lugar perfecto para que los estudiantes pudieran concentrarse en sus estudios sin preocuparse por largos desplazamientos.

Una noche, Esteban decidió invitar a Amarilis a pernoctar en su apartamento. Ella aceptó la invitación con una mezcla de curiosidad y nerviosismo. El apartamento 913, donde Esteban vivía, miraba hacia las montañas, ofreciendo una vista que brindaba un respiro de tranquilidad en medio del ajetreo académico.

El apartamento era modesto pero acogedor. Los libros de texto y apuntes estaban esparcidos sobre una mesa pequeña, y las paredes estaban adornadas con pósters de moléculas y gráficos científicos. La atmósfera de estudio y dedicación resonaba con la vida que ambos compartían.

Aquella noche, después de una cena sencilla y algunas horas de estudio, la conversación entre Esteban y Amarilis se tornó más personal. Hablaron de sus sueños, de sus miedos, y de las experiencias que los habían formado. La conexión entre ellos se fortalecía con cada palabra compartida.

A medida que la noche avanzaba, Esteban tomó la mano de Amarilis, guiándola suavemente hacia el pequeño colchón en el suelo que servía de cama. La intimidad del momento era palpable. Amarilis, sintiendo una mezcla de emociones intensas, se dejó llevar por la calidez y la seguridad que Esteban le brindaba.

En ese encuentro en el apartamento 913, Amarilis perdió el velo de su pubertad. La cercanía física se mezcló con la conexión emocional que habían construido, creando un momento de vulnerabilidad y unión profunda. Desde la ventana, las montañas observaban silenciosas, siendo testigos de un hito importante en la vida de Amarilis.

La relación entre ambos se solidificó aún más después de esa noche. El apartamento de Esteban se convirtió en su refugio compartido, un lugar donde podían escapar del estrés académico y encontrar consuelo en la compañía del otro. Esteban, con su ternura y comprensión, ayudó a Amarilis a navegar por los complejos sentimientos que surgían en su interior.

Sin embargo, mientras su relación florecía, los fantasmas del pasado de Amarilis no desaparecían. Las cicatrices de su infancia y los oscuros impulsos que había desarrollado seguían presentes, acechando en los rincones de su mente. A pesar de la felicidad que encontraba con Esteban, la dualidad de su ser la mantenía en una constante lucha interna.

El apartamento 913, con su vista hacia las montañas y su atmósfera de estudio y amor, se convirtió en un símbolo de la esperanza y el desafío en la vida de Amarilis. Aquí, junto a Esteban, experimentaba momentos de auténtica conexión y felicidad, pero también enfrentaba los recuerdos y emociones que la perseguían.

La relación con Esteban le ofrecía una semblanza de normalidad y esperanza. Cada día que pasaban juntos, Amarilis encontraba más razones para luchar contra los oscuros pensamientos que la acechaban. Sin embargo, la complejidad de su psique y su percepción distorsionada de la misericordia seguían siendo una parte de ella, esperando el momento para resurgir.

El camino que ambos recorrían estaba lleno de desafíos y descubrimientos, y aunque la sombra de los traumas pasados seguía presente, Amarilis encontraba en Esteban una razón para creer en un futuro más brillante. Pero el equilibrio entre su amor y sus impulsos oscuros sería una batalla constante, una que definiría su vida y las decisiones que tomaría en el futuro.

Amarilis aprendía con minuciosidad la estructura molecular de la ricina, una toxina mortal que Esteban trabajaba en producir con el objetivo de buscarle un bloqueador competitivo y desarrollar un antídoto eficiente. La dedicación de Esteban a esta investigación le fascinaba y, a la vez, despertaba en ella un oscuro interés.

La ricina es una proteína tóxica que se encuentra naturalmente en las semillas de ricino (Ricinus communis). Es extremadamente letal incluso en pequeñas dosis y puede actuar rápidamente para causar la muerte. Si se inyecta al torrente sanguíneo, la ricina interfiere con la síntesis de proteínas en las células al inhibir los ribosomas, lo que lleva a la muerte celular. Los efectos fisiológicos en los seres humanos incluyen dolor intenso en el sitio de la inyección, fiebre, náuseas y vómitos, seguidos de un fallo multiorgánico. En cuestión de horas, los órganos vitales comienzan a fallar debido a la falta de proteínas esenciales, y sin tratamiento, la exposición a la ricina es generalmente fatal. Los síntomas avanzan rápidamente desde debilidad severa y letargo hasta convulsiones, hemorragias internas y, eventualmente, la muerte.

A medida que Amarilis profundizaba en sus estudios sobre la ricina, comprendía la letalidad de esta molécula y la complejidad de desarrollar un antídoto eficaz. Su fascinación por el trabajo de Esteban crecía, no solo por la posibilidad de salvar vidas, sino también por el poder destructivo que esta toxina poseía.

--¿Y si mezclas ricina con epinefrina, qué pasaría, Esteban?-- logró preguntar Amarilis en una ocasión en el laboratorio.

Esteban, con un aire majestuoso de conocimiento, respondió a su pregunta extraña:

--Bueno, eso es triplemente mortal, porque afectaría las coronarias y el músculo del miocardio, inhibiendo los ribosomas de las células y evitando que estas trabajen en su recuperación--. Hizo una pausa para asegurarse de que Amarilis comprendiera la gravedad de lo que estaba explicando, y luego continuó:

--Con un miligramo de ambas inyectadas en la vena puedes terminar con la vida de un humano sin dejar rastros significativos--, concluyó Esteban, sus palabras resonando en el aire del laboratorio.

Amarilis asimiló la información con una mezcla de fascinación y turbación. La combinación de la epinefrina, que aumentaba la frecuencia cardíaca y la presión arterial, con la ricina, que detenía la síntesis de proteínas, sería letal. La epinefrina causaría una sobrecarga en el sistema cardiovascular, mientras que la ricina destruiría las células vitales, llevando al fallo multiorgánico.

Esteban, sin darse cuenta de los oscuros pensamientos de Amarilis, se sumergió de nuevo en sus experimentos, satisfecho de haber compartido su conocimiento. Amarilis, por su parte, sintió cómo su mente se llenaba de posibilidades inquietantes, una dualidad entre su amor por Esteban y los impulsos sombríos que acechaban en su interior.

--¿Y cuánto dura el almacenamiento de ricina antes de que pierda su efectividad, Esteban?-- preguntó Amarilis, su voz denotando una curiosidad calculada.

Esteban, sin sospechar nada, respondió con confianza:

--Pues, creo que la ricina no decae como molécula con el tiempo de forma definitiva. Creo que su efectividad dura muchos años--. Hizo una pausa y luego añadió: --El ejército la almacena para usarla en caso de retaliación con material químico.

Amarilis asimiló esta nueva información, dándose cuenta del potencial duradero de la ricina. Sabía que estaba manejando una sustancia extremadamente peligrosa y que, con el conocimiento que Esteban le proporcionaba, su capacidad para utilizarla era aún mayor. Esteban, absorto en su pasión científica, continuaba explicando detalles sobre la estabilidad de la ricina y su uso potencial, sin percatarse de las implicaciones que sus palabras podían tener en la mente de Amarilis.

La estabilidad de la ricina, combinada con su letalidad y la posibilidad de administrarla junto con epinefrina, ofrecía un panorama inquietante. Amarilis, mientras escuchaba a Esteban, reflexionaba sobre las múltiples facetas de la toxina y sus aplicaciones, tanto benéficas como oscuras. La información que obtenía no solo le servía para sus estudios, sino que también alimentaba los recovecos más sombríos de su mente.

--Es fascinante cómo algo tan pequeño puede ser tan poderoso y duradero--, comentó Amarilis, tratando de mantener su voz neutral.

--Así es--, respondió Esteban, sonriendo. --La ciencia detrás de estas moléculas es increíble y su potencial, aunque peligroso, también puede ser utilizado para el bien, como en el desarrollo de antídotos y tratamientos.

Amarilis asintió, su mente trabajando febrilmente. Sabía que la combinación de la ricina y la epinefrina, y su capacidad para almacenar la toxina indefinidamente, abrían un abanico de posibilidades tanto en su trabajo como en sus oscuros impulsos. La línea entre su devoción profesional y su distorsionada visión de la misericordia se desdibujaba cada vez más, mientras Esteban seguía sin sospechar nada, perdido en su mundo de investigación y descubrimientos científicos.

Poco a poco, socavando el laboratorio de Esteban, Amarilis fue adquiriendo pequeñas porciones líquidas de ricina, que luego mezclaba en partes iguales con epinefrina sacada de las ampolletas del carro de paro. Con meticulosa precaución, almacenaba estas mezclas para su uso personal. Planeaba utilizar un mililitro en una jeringuilla de tuberculina para inyectar los sueros de los recién nacidos que estaban cansados de vivir una agonía debido a sus condiciones genéticas y congénitas letales.

Cada vez que Esteban se distraía en el laboratorio, Amarilis aprovechaba la oportunidad para extraer minúsculas cantidades de ricina, asegurándose de que su ausencia pasara desapercibida. La combinación con la epinefrina, tomada discretamente durante sus turnos en la UCIN, era preparada con una precisión escalofriante. Amarilis sabía que esta mezcla era mortalmente eficaz, causando un colapso rápido y sin dejar rastros evidentes.

Las jeringuillas de tuberculina, pequeñas y precisas se convirtieron en sus herramientas para llevar a cabo su macabro plan. En el silencio de su apartamento, Amarilis organizaba su inventario, etiquetando cada jeringuilla y almacenándolas en un lugar seguro. Su mente, dividida entre la compasión distorsionada y la frialdad calculadora, la impulsaba a actuar en lo que ella consideraba una forma de aliviar el sufrimiento.

Cada vez que un bebé con una condición letal ingresaba a la UCIN, Amarilis observaba con una mezcla de empatía y resolución. Veía el dolor en los ojos de los padres, la lucha en los cuerpos diminutos de los recién nacidos, y se convencía de que estaba haciendo lo correcto. En su mente, ella era una liberadora, una figura de misericordia en un mundo de sufrimiento incesante.

Durante sus turnos nocturnos, cuando la vigilancia era menor y el hospital caía en un silencio inquietante, Amarilis actuaba. Con una precisión fría y calculada, inyectaba la mezcla letal en los sueros de los bebés que, según ella, estaban destinados a una vida de dolor y desesperación. Se aseguraba de que la dosis fuera suficiente para causar la muerte sin dejar signos obvios de envenenamiento, confiando en su conocimiento y en la información que había extraído de Esteban.

La UCIN, que una vez había sido un lugar de esperanza y lucha por la vida, se convirtió en el escenario de su oscura misión. Los monitores seguían emitiendo sus pitidos rítmicos, los respiradores mecánicos susurraban suavemente, pero bajo esta apariencia de normalidad, la sombra de Amarilis se movía sigilosamente.

Amarilis sabía que debía ser extremadamente cuidadosa. Cualquier error podría delatarla y llevarla a enfrentar consecuencias inimaginables. Pero su convicción era inquebrantable, y cada vida que tomaba era, para ella, una misericordia, una liberación de un destino cruel.

Mientras tanto, Esteban seguía ajeno a las acciones de Amarilis. En el laboratorio, continuaba sus investigaciones, sin sospechar que sus descubrimientos estaban siendo utilizados de una manera tan siniestra. La confianza y el amor que sentía por Amarilis le impedían ver la oscuridad que se cernía sobre su relación.

El tiempo avanzaba, y la presencia de Leticia Morán en el hospital aumentaba la presión. La investigadora seguía vigilante, determinada a desentrañar el misterio detrás de las muertes inexplicables. Amarilis, consciente de la amenaza que representaba Leticia, se volvía cada vez más cautelosa, pero su impulso de actuar seguía siendo fuerte.

La dualidad de su vida, dividida entre el amor que sentía por Esteban y los actos oscuros que cometía, la consumía lentamente. Sabía que el día de la verdad se acercaba, y que cada paso que daba la llevaba más cerca del abismo. Pero en su mente, cada acción estaba justificada por un retorcido sentido de la misericordia, y estaba dispuesta a seguir adelante, sin importar el costo.

VI

Pasados seis meses, ocurrió otra muerte inexplicable en la UCIN, esta vez justo bajo la atenta vigilancia de la eminente Leticia Morán. Se trataba de un prematuro de veintiséis semanas de gestación. Había nacido con angustia respiratoria causada por una hernia diafragmática congénita que se reparó de forma exitosa en su segundo día de nacido. Pesaba 1700 gramos y comenzaba a despuntar de su hipoplasia pulmonar. Tenía un futuro prometedor si no se complicaba, pero, lamentablemente, se complicó.

El bebé desarrolló una infección en la herida, resultando en sepsis y una herida abierta que supuraba. La infección se agravó porque un pedazo de intestino se había quedado atrapado en el cierre de la pared abdominal, creando una fístula enterocutánea alta con mucho contenido intestinal. Incapaz de ingerir alimento debido a la fístula, se le administraba hiperalimentación por vena central.

El bebé amaneció sin signos vitales en la cara de todos los que laboraban en la UCIN, en medio de la entrega de la guardia. Amarilis no estaba en esa guardia, pero había estado el día anterior y había suministrado sus "medicamentos misericordiosos" al pequeño paciente con la lentitud necesaria para que el efecto se desencadenara doce horas o más después. Tenía una coartada perfecta.

La noticia de la muerte del bebé se extendió rápidamente, causando conmoción y tristeza entre el personal. Leticia Morán, que había estado supervisando de cerca, fue inmediatamente informada y comenzó a revisar los registros y las cámaras de seguridad. Cada detalle debía ser analizado con precisión para encontrar alguna pista sobre lo que había sucedido.

--No puede ser una coincidencia--, murmuró Leticia para sí misma mientras examinaba las notas del expediente. La secuencia de eventos no tenía sentido; el bebé había mostrado signos de mejora, y la hiperalimentación intravenosa debería haber estabilizado su condición.

Amarilis, por su parte, mantenía su fachada de profesionalismo y compasión. Sabía que Leticia estaba cerca de la verdad, pero también confiaba en la meticulosidad de sus acciones. Había administrado la mezcla letal con una precisión escalofriante, asegurándose de que los efectos se manifestaran después de que terminara su turno.

El equipo de la UCIN estaba en shock. El bebé había sido un símbolo de esperanza, luchando contra las adversidades desde su nacimiento. La tristeza y la frustración se mezclaban con una creciente sensación de impotencia. Leticia convocó una reunión urgente con todo el personal para discutir los eventos y recalcar la importancia de mantener la vigilancia.

--Este es un momento crítico--, dijo Leticia, su voz firme pero llena de empatía. --Necesitamos estar más atentos que nunca, la muerte de este bebé no puede quedar sin explicación. Revisaremos cada procedimiento, cada detalle, y no descansaremos hasta encontrar la verdad.--

La tensión en la UCIN aumentó. El personal, consciente de la gravedad de la situación, redobló sus esfuerzos para seguir los protocolos al pie de la letra. Leticia continuaba con su investigación incansable, revisando las imágenes de las cámaras de seguridad y los registros de medicamentos. Sabía que la respuesta estaba en algún lugar entre esas páginas y videos.

Amarilis, aunque segura de su coartada, sentía el peso de la vigilancia constante. Cada movimiento era observado, cada acción documentada. Pero su convicción seguía firme; para ella, liberar a los bebés del sufrimiento era un acto de misericordia, aunque la realidad de sus acciones era mucho más siniestra.

La UCIN, un lugar de esperanza y lucha por la vida, estaba ahora sumida en una atmósfera de desconfianza y miedo. Leticia Morán, con su determinación inquebrantable, continuaba su búsqueda de la verdad, mientras Amarilis, oculta tras su máscara de profesionalismo, esperaba el próximo momento para actuar. El desenlace se acercaba, y la verdad, por oscura que fuera, estaba a punto de salir a la luz.

Leticia Morán revisaba meticulosamente su dossier de investigación, buscando cualquier indicio que pudiera haber pasado por alto. A pesar de su exhaustiva revisión de los expedientes médicos, las cámaras de seguridad y las entrevistas con el personal, aún le faltaban piezas clave para resolver el enigma. No había encontrado ninguna evidencia física directa que indicara que alguien estaba inyectando a los recién nacidos con sustancias letales. Las jeringuillas, los residuos de medicamentos y los rastros visibles en los cuerpos de los bebés eran inexistentes, dejando un vacío significativo en su investigación.

A pesar de las entrevistas exhaustivas, ningún miembro del personal había notado algo suficientemente sospechoso como para señalar a un culpable. La falta de testigos oculares que pudieran vincular a alguien con los momentos críticos antes de las muertes dejaba a Leticia en una frustrante incertidumbre. Había encontrado patrones en los horarios de las muertes y en la presencia de ciertos miembros del personal, pero nada que pudiera directamente implicar a alguien en particular. Sin un sospechoso claro, estas pistas eran fragmentarias y no concluyentes.

Mientras reflexionaba sobre lo que podía haber omitido en su búsqueda, Leticia sabía que siempre había una justificación detrás de las acciones, por más retorcidas que fueran. Su mente ágil repasaba las posibles razones que alguien podría tener para dañar a los bebés. Se dio cuenta de que no había investigado a fondo quién tenía acceso frecuente y sin restricciones a los medicamentos del carro de paro. Aunque las cámaras cubrían áreas comunes, los rincones oscuros y las acciones furtivas podían haber pasado desapercibidos.

Necesitaba hacer un análisis más profundo de los turnos y las presencias, buscando correlaciones específicas entre la presencia de ciertos empleados y los momentos críticos. Podría ser que alguien manipulaba el sistema de turnos para evitar ser sospechado. Además, la documentación del uso de medicamentos podía contener errores o manipulaciones sutiles. Revisar cada registro de entrada y salida de medicamentos con más detalle podía revelar inconsistencias importantes.

Leticia se centró en la posibilidad de que alguien estuviera inyectando a los bebés. Las pistas potenciales que había pasado por alto incluían la búsqueda de micro-hematomas o marcas diminutas en los sitios de inyección, que podrían haber sido ignoradas o consideradas insignificantes durante las autopsias iniciales. También debía hacer un análisis más minucioso de las cantidades de medicamentos utilizados y cualquier discrepancia en los inventarios podría ser crucial. Aunque los bebés tenían condiciones letales, la aparición repentina de sepsis o complicaciones podía indicar la introducción de una sustancia externa.

Mientras sus pensamientos revoloteaban en busca de respuestas, Leticia sabía que también debía profundizar en las posibles justificaciones detrás de estos actos. Podía haber alguien que, en un acto de compasión retorcida, creyera estar aliviando el sufrimiento de los bebés. Esta motivación, aunque perversa, tendría una lógica interna para el perpetrador. Un miembro del personal con un pasado traumático o que hubiera experimentado pérdidas similares podría ser impulsado por una visión distorsionada de la compasión. Además, el ambiente de alta presión y estrés constante en la UCIN podía empujar a alguien al límite, llevándolos a justificar actos extremos como una forma de control o liberación.

Estas incertidumbres relampagueaban en la mente de Leticia, consciente de que estaba enfrentando un caso difícil de resolver. No tenía un sospechoso claro y mucho menos un método específico, pero su determinación de desentrañar la verdad no flaqueaba. Sabía que debía redoblar sus esfuerzos, seguir cada pista por más pequeña que fuera y no descansar hasta encontrar al culpable. La vida de los recién nacidos dependía de ello, y la justicia, por más esquiva que pareciera, estaba al alcance si seguía indagando con la misma tenacidad y precisión que siempre la habían caracterizado.

Leticia, en entrevistas posteriores con cada miembro del personal, empezó a urdir una investigación detallada basada en el pasado de cada individuo, enfocándose en posibles distorsiones de la mente humana causadas por traumas de la infancia. Las preguntas las había confeccionado una psicóloga amiga, también lesbiana, con quien había tenido una relación sentimental antes de la actual jueza. Leticia sabía que algo en la psique de la persona que cometía los crímenes podría proporcionar la respuesta al porqué.

Durante estas entrevistas, Leticia se concentró en entender mejor las historias personales y los posibles traumas de los empleados. Buscaba indicios de patrones de comportamiento que pudieran llevar a un acto de "misericordia" retorcido. La psicóloga amiga, con su experiencia en traumas infantiles, había ayudado a formular preguntas que pudieran revelar aspectos ocultos de la personalidad de los entrevistados.

Sin embargo, Leticia todavía necesitaba determinar el método exacto que el asesino estaba utilizando. Empezó a investigar si algún miembro del personal tenía alguna relación con medicamentos extraños o inusuales, especialmente aquellos que se utilizan en farmacéuticas o laboratorios químicos. Sabía que ciertas toxinas podían ser invisibles a simple vista pero letales si se administraban de manera adecuada.

Una idea se le ocurrió: ¿podría estar implicado el arsénico? El arsénico es un veneno conocido por ser incoloro, inodoro y claro. En su forma líquida, puede ser extremadamente difícil de detectar y no deja rastros obvios, excepto que se acumula en la hebra del cabello.

Esta característica lo convertía en un agente envenenador ideal para alguien que quería pasar desapercibido.

Decidida a explorar esta pista, Leticia envió un mensaje al instituto forense, solicitando que se examinara el cabello de los recién nacidos fallecidos para detectar la presencia de arsénico. Mientras esperaba los resultados, continuó con sus entrevistas, prestando especial atención a cualquier indicio que pudiera relacionar a alguien del personal con la manipulación de sustancias químicas o toxinas.

Las entrevistas fueron reveladoras. Algunos miembros del personal tenían antecedentes familiares difíciles, mientras que otros habían pasado por situaciones traumáticas que habían dejado cicatrices profundas en sus psique. Leticia, con la ayuda de las preguntas psicológicas, empezó a identificar patrones de comportamiento y posibles motivaciones que podían estar ocultas detrás de una fachada de profesionalismo y compasión.

A medida que avanzaba en su investigación, Leticia sentía que se acercaba a la verdad. Las piezas del rompecabezas comenzaban a encajar, aunque todavía había muchas preguntas sin respuesta. La espera de los resultados del análisis del cabello era angustiante, pero Leticia sabía que esta prueba podría ser crucial para desenmascarar al culpable.

Amarilis, mientras tanto, seguía desempeñando su papel con la misma meticulosa precisión. Cada vez que Leticia la entrevistaba, mantenía su fachada de profesionalismo impecable, respondiendo con calma y coherencia. Sin embargo, por dentro, estaba cada vez más consciente de que el cerco se estrechaba. La presencia constante de Leticia y su minuciosa investigación eran una amenaza creciente.

Los días pasaban y la tensión en la UCIN aumentaba. El personal, consciente de la gravedad de la situación, cooperaba plenamente con Leticia, aunque la sombra de la desconfianza se cernía sobre todos. Leticia continuaba persiguiendo cada pista, sabiendo que el desenlace estaba cerca.

Finalmente, llegaron los resultados del instituto forense. Para sorpresa de Leticia, el análisis del cabello de los recién nacidos no reveló trazas de arsénico. Los resultados fueron negativos, dejando a Leticia sin la pista que esperaba que fuera crucial. La decepción fue palpable, pero no dejó que eso la desanimara. Sabía que debía haber otro método, otra sustancia que estaba pasando por alto.

Determinada a encontrar la verdad, Leticia volvió a revisar los expedientes y registros de medicamentos, buscando cualquier indicio de sustancias que podrían haber sido utilizadas de manera inapropiada. Sabía que el asesino debía estar usando algo menos detectable, quizás una combinación de medicamentos comunes que no levantarían sospechas inmediatas.

Con renovada determinación, Leticia decidió enfocarse en los medicamentos disponibles en la UCIN y sus posibles interacciones. Revisó minuciosamente las dosis administradas y los horarios de las muertes, buscando patrones que pudieran haber sido ignorados anteriormente.

La investigación se centró en aquellos miembros del personal con acceso constante a los medicamentos, especialmente aquellos con conocimientos avanzados en química o farmacología. Las entrevistas comenzaron a centrarse en sus habilidades y experiencias, tratando de encontrar cualquier detalle que pudiera dar una pista sobre el método utilizado.

Mientras tanto, Amarilis mantenía su rutina, consciente de que el cerco se estrechaba, pero también confiada en su habilidad para ocultar sus acciones. Sabía que el arsénico no era su método, pero eso no significaba que estuviera a salvo. La presencia constante de Leticia la hacía estar en guardia, ajustando cuidadosamente cada paso para evitar levantar sospechas.

La UCIN seguía siendo un lugar de esperanza y lucha, pero también de tensión y desconfianza. Leticia Morán, con su incansable búsqueda de la verdad, no descansaría hasta desenmascarar al culpable. Sabía que la vida de los recién nacidos dependía de su habilidad para ver lo que otros no podían, y estaba decidida a descubrir el método y la mente detrás de estos crímenes.

VII

La entrevista al personal no había sido un fracaso como Leticia pensaba. Había obtenido información valiosa de tres enfermeras que tenían contacto con lugares o laboratorios químicos, y Amarilis era una de ellas.

La relación entre Esteban y Amarilis seguía su curso, aunque un poco monótona. Esteban, como ratón de laboratorio, todavía tenía varios meses por delante para terminar un doctorado que parecía más largo que la esperanza de un pobre. Su dedicación a la investigación era admirable, pero también significaba largas horas de trabajo y pocas oportunidades para salir de la rutina.

De vez en cuando, Amarilis se quedaba en el apartamento de Esteban, donde se disfrutaban uno del otro. Estos momentos eran un respiro del estrés constante de sus estudios y trabajos. Otras veces, Amarilis se refugiaba en la residencia de señoritas donde vivía sola, aunque rodeada de otras chicas. La residencia era un lugar seguro y tranquilo, perfecto para concentrarse en su trabajo y, ocasionalmente, en sus oscuros pensamientos.

Amarilis, con solo veintitrés años de edad, llevaba una vida dividida entre sus trabajo en la UCIN, su relación con Esteban y sus inquietantes impulsos. Su juventud y aparente inocencia la hacían pasar desapercibida ante la mayoría, pero Leticia comenzaba a ver a través de la fachada.

Durante una de sus entrevistas, Leticia había notado algo en la manera en que Amarilis respondía a las preguntas. Había una frialdad calculada, una precisión en sus respuestas que no se correspondía con la gravedad de la situación. Esto, junto con la información de que Amarilis tenía acceso a laboratorios químicos, la colocaba en el centro de las sospechas de Leticia.

Mientras tanto, Esteban seguía trabajando incansablemente en su tesis. La investigación sobre la ricina y su antídoto consumía la mayor parte de su tiempo. Amarilis, aprovechando su cercanía a Esteban y su conocimiento del laboratorio, continuaba acumulando pequeñas cantidades de ricina. Mezclaba la toxina con epinefrina, creando una combinación letal que almacenaba cuidadosamente para su uso.

Las visitas al apartamento de Esteban eran una mezcla de normalidad y tensión. Aunque disfrutaban de su tiempo juntos, Amarilis siempre tenía una agenda oculta. Cada vez que estaba en el laboratorio, observaba y aprendía, buscando cualquier información que pudiera ser útil para sus oscuros propósitos. Esteban, completamente ajeno a sus intenciones, la veía como una compañera y confidente.

En la residencia de señoritas, sus compañeras la veían como una joven reservada pero amable, dedicada a su trabajo y con una relación estable. Sin embargo, la mente de Amarilis estaba constantemente dividida entre su vida pública y sus acciones ocultas.

Leticia, por su parte, continuaba su investigación con renovada determinación. Sabía que estaba cerca de descubrir la verdad. Cada entrevista, cada pieza de información la acercaba más a desenmascarar al culpable. La conexión de Amarilis con los laboratorios químicos y su comportamiento preciso y calculador eran pistas que no podía ignorar.

El ambiente en la UCIN seguía siendo tenso. El personal, consciente de la vigilancia constante, seguía sus rutinas con una cautela redoblada. La sombra de las muertes inexplicables todavía pesaba sobre ellos, y la presencia de Leticia era un recordatorio constante de que la justicia estaba en camino.

Amarilis, aunque consciente de que el cerco se estrechaba, seguía adelante con su doble vida. Su juventud y habilidad para manipular a su alrededor la hacían peligrosa, y sabía que debía ser extremadamente cuidadosa. Cada acción estaba calculada, cada palabra medida. Sabía que cualquier error podría ser su fin.

La verdad estaba cada vez más cerca de salir a la luz, y Leticia no descansaría hasta desentrañar el misterio. La vida de los recién nacidos en la UCIN dependía de ello, y la justicia, aunque esquiva, estaba al alcance si seguía indagando con la misma tenacidad y precisión que siempre la habían caracterizado.

La agente y doctora Leticia Morán decidió visitar las instalaciones de los laboratorios químicos donde las tres enfermeras en cuestión tenían una conexión. Sabía que profundizar en el entorno laboral de estas mujeres podría revelar pistas cruciales sobre los químicos que podrían estar siendo manipulados. Entre los laboratorios que visitó, uno de los más intrigantes era el laboratorio experimental de Esteban, subvencionado por el ejército para desarrollar un antídoto contra una droga biológica y terrorista extremadamente potente llamada ricina.

En cada laboratorio, Leticia observó meticulosamente los procedimientos y se reunió con los encargados para entender los productos químicos que se manejaban. Se dio cuenta de que, además de la ricina, había otros químicos que podrían ser potencialmente letales si se utilizaban de manera incorrecta. Aprovechando la inteligencia artificial a su disposición, Leticia realizó búsquedas rápidas y precisas sobre las reacciones inmediatas de todos los químicos que aparecían en los laboratorios de las tres enfermeras.

La inteligencia artificial le proporcionó información detallada sobre las propiedades de cada sustancia, su toxicidad, y las posibles combinaciones que podrían resultar fatales. Este análisis le permitió identificar patrones y conexiones que no eran evidentes a simple vista.

En el laboratorio de Esteban, Leticia aprendió más sobre la ricina y sus efectos devastadores. Conoció los detalles del trabajo de Esteban y su equipo, quienes se esforzaban por desarrollar un antídoto eficaz. Leticia se dio cuenta de que la ricina, combinada con otros químicos como la epinefrina, podía ser un arma letal casi indetectable. Esta información reforzó su sospecha de que Amarilis, con acceso a este laboratorio y conocimiento profundo de la ricina, podría estar involucrada en las muertes inexplicables de la UCIN.

Leticia también descubrió que las otras dos enfermeras trabajaban en laboratorios que manejaban sustancias tóxicas y potentes. Aunque no había evidencia directa que las implicara, el acceso constante a estos químicos aumentaba las posibilidades de que pudieran estar involucradas en algo sospechoso.

Con cada visita y cada conversación, Leticia se acercaba más a entender el panorama completo. La inteligencia artificial le permitió correlacionar datos y encontrar patrones de comportamiento y uso de sustancias que serían imposibles de detectar manualmente. Estos hallazgos eran cruciales para construir un caso sólido contra quienquiera que estuviera detrás de las muertes.

Mientras tanto, Amarilis seguía desempeñando su papel de manera impecable, aunque cada vez con más cautela. Sabía que el trabajo de Esteban en el laboratorio era una fuente constante de información y recursos para ella, pero también una conexión peligrosa que Leticia estaba comenzando a desenredar.

La visita a los laboratorios y el uso de tecnología avanzada fortalecieron la convicción de Leticia de que estaba en el camino correcto. Las entrevistas, los patrones de comportamiento y el acceso a sustancias letales formaban un cuadro cada vez más claro en su mente. Sabía que debía seguir adelante, persiguiendo cada pista y no descansando hasta encontrar al culpable.

La UCIN seguía funcionando bajo una atmósfera de desconfianza y tensión, pero la presencia de Leticia era un faro de esperanza para aquellos que buscaban justicia para los pequeños pacientes. Amarilis, aunque acorralada, mantenía su fachada, consciente de que cualquier error podría ser su perdición.

El desenlace se acercaba, y Leticia, con su combinación de habilidades médicas y de investigación, estaba decidida a desenmascarar la verdad. Cada paso que daba la acercaba más a desentrañar el misterio y proteger a los más vulnerables. La verdad estaba al alcance, y Leticia no descansaría hasta que la justicia prevaleciera.

En la mente analítica de Leticia, la figura de Amarilis como la autora de los eventos fatales en la UCIN se hacía cada vez más palpable. El pasado de Amarilis estuvo marcado por el abuso y el trauma infligido por su padrastro, cuyas acciones la dejaron con profundas cicatrices emocionales y una distorsionada percepción de la compasión. Este dolor infantil no resuelto la llevó a desarrollar un retorcido sentido de misericordia, creyendo que aliviaba el sufrimiento de los recién nacidos condenados a vidas de agonía. Ahí residía el sospechoso.

El método seguro pudo haber sido el uso de la ricina, con o sin otro medicamento cardiovascular potente. Leticia sabía que la ricina era extremadamente letal y, combinada con algo como la epinefrina, se convertiría en una mezcla mortal casi imposible de detectar en una autopsia estándar. La idea de que alguien pudiera utilizar un conocimiento tan especializado para un propósito tan siniestro la llenaba de una mezcla de horror y determinación.

Con esta nueva hipótesis en mente, Leticia se concentró en recabar pruebas concretas. Sabía que necesitaba más que suposiciones para desenmascarar a Amarilis. Empezó a revisar nuevamente las grabaciones de seguridad, centrándose en los momentos en que Amarilis estaba sola en la UCIN o cerca del carro de paro donde se almacenaban los medicamentos. Además, ordenó una revisión detallada de los registros de acceso al laboratorio de Esteban y las sustancias controladas que podrían haber sido manipuladas.

Cada pequeño detalle podía ser crucial. Leticia sabía que el uso de ricina requería una preparación cuidadosa y que alguien con acceso constante al laboratorio de Esteban tendría la oportunidad perfecta para obtener y preparar la toxina. A medida que revisaba las grabaciones, buscaba cualquier indicio de comportamiento sospechoso, cualquier movimiento que pudiera delatar la preparación o administración de la sustancia letal.

Amarilis, mientras tanto, seguía su rutina con la misma precisión meticulosa. No mostraba signos externos de nerviosismo, pero por dentro sabía que el cerco se estrechaba. La presencia constante de Leticia y la intensificación de la vigilancia en la UCIN hacían cada vez más difícil llevar a cabo sus planes. Sin embargo, su convicción de estar haciendo lo correcto, de liberar a los bebés de una vida de sufrimiento, la impulsaba a seguir adelante.

En una de sus visitas al laboratorio, Leticia encontró una pequeña pero significativa pista: una discrepancia en los registros de las sustancias controladas. Aunque mínima, esta diferencia en los inventarios indicaba que algo podría haber sido desviado. Decidida a seguir esta nueva pista, Leticia comenzó a correlacionar las fechas de las discrepancias con los turnos de Amarilis, buscando un patrón que pudiera confirmar sus sospechas.

El tiempo se agotaba, y Leticia lo sabía. Cada día que pasaba sin una resolución aumentaba el riesgo para los pequeños pacientes de la UCIN. Con una mezcla de determinación y creciente certeza, se preparó para el siguiente paso: una confrontación directa con Amarilis. Sabía que necesitaba plantear sus sospechas con la evidencia suficiente para presionar una confesión o al menos provocar una reacción que confirmara sus teorías.

El ambiente en la UCIN era tenso. El personal, consciente de la investigación en curso, realizaba sus tareas con una cautela extrema. Todos sabían que algo oscuro había ocurrido y que Leticia estaba cerca de desentrañar la verdad. Amarilis, aunque mantenía su fachada de profesionalismo, sentía la presión intensificarse con cada día que pasaba.

Leticia, armada con su determinación y las pruebas que había recopilado, sabía que necesitaba atrapar a Amarilis in fraganti. Todo sucedía tan rápido en la UCIN que era imprescindible diseñar un plan de captura preciso antes de que otro recién nacido perdiera la vida. Era fundamental monitorear de cerca a los pacientes más enfermos, aquellos que podrían ser considerados por Amarilis como candidatos para su retorcida misericordia. Leticia y su equipo debían estar alerta a cualquier bebé en estado crítico, vigilando si Amarilis volvía a actuar con su mortal "suero de misericordia".

Con un enfoque claro, Leticia reforzó las medidas de vigilancia en la UCIN. Se instalaron cámaras adicionales y sensores de movimiento alrededor de las incubadoras y los carros de medicamentos. Además, se implementaron turnos de vigilancia constante, asegurándose de que siempre hubiera ojos atentos sobre los pacientes más vulnerables. Cualquier cambio en los signos vitales de los bebés o movimientos sospechosos de los miembros del personal serían reportados de inmediato.

Amarilis, aunque consciente del aumento en la seguridad, no podía resistir sus impulsos. Sabía que debía ser extremadamente cuidadosa, pero su convicción de que estaba liberando a los bebés del sufrimiento la impulsaba a seguir adelante. Sin embargo, los días pasaban y la presión de la vigilancia constante empezaba a afectarla.

Mientras tanto, Leticia se mantenía firme en su estrategia. Sabía que necesitaba una evidencia irrefutable para desenmascarar a Amarilis. Cada noche revisaba minuciosamente las grabaciones, buscando patrones y cualquier indicio de manipulación. Su experiencia y perspicacia la ayudaban a detectar incluso los movimientos más sutiles que podrían delatar a Amarilis.

Una noche, Leticia notó algo que llamó su atención. Amarilis había pasado más tiempo de lo habitual cerca de uno de los carros de medicamentos y luego se había acercado a la incubadora de un bebé en estado crítico. La secuencia de movimientos era casi imperceptible, pero suficiente para levantar sospechas en la mente de Leticia.

VIII

Aprehender una mente inteligente y torcida no es fácil. La historia está llena de equivocaciones judiciales con individuos que son inocentes aunque parezcan culpables. En esta situación, donde profesionales de la salud tienen la vida en sus manos, se ameritaba un plan más coordinado para atrapar al verdadero culpable.

En lugar de actuar de inmediato, Leticia decidió esperar. Sabía que debía ser paciente y dejar que Amarilis se incriminara con pruebas concluyentes. Con su equipo, reforzó la vigilancia alrededor de la incubadora de cualquier bebé crítico, asegurándose de que cada movimiento de Amarilis fuera monitoreado en tiempo real.

Durante las siguientes semanas, la tensión en la UCIN era palpable. El personal, consciente de la situación, realizaba sus tareas con una cautela extrema. Leticia y su equipo mantenían una vigilancia constante, esperando el momento en que Amarilis cometiera un error. Cada día que pasaba aumentaba la presión, tanto para Leticia como para Amarilis.

Amarilis, aunque consciente del aumento en la seguridad, no podía resistir sus impulsos. Sabía que debía ser extremadamente cuidadosa, pero su convicción de que estaba liberando a los bebés del sufrimiento la impulsaba a seguir adelante. A pesar de la vigilancia intensificada, su determinación no flaqueaba.

Leticia, por su parte, centró su atención en los recién nacidos más enfermos, aquellos que Amarilis podría considerar como "candidatos" para su retorcida forma de misericordia. Utilizando la inteligencia artificial y los datos recopilados, Leticia identificó a los pacientes con las condiciones más críticas y estableció un sistema de monitoreo continuo para ellos. Se aseguraba de revisar personalmente las grabaciones de las cámaras y los registros de medicamentos cada día, buscando cualquier signo de manipulación.

Existía un bebé en particular al que todo el mundo le había cogido cariño por el tiempo extenso que llevaba en la unidad. Nacido de veinticuatro semanas y con un peso de 800 gramos, tenía un defecto de pared abdominal cerrado. En el transcurso del útero había perdido una gran parte de su intestino delgado. Dependía de la alimentación parenteral por vena central porque si ingería alimento, desarrollaba diarrea. Le habían colocado una gastrostomía debido a un déficit neurológico que había causado que la materia gris de su cerebro fuera reemplazada por materia blanca.

Este bebé, a pesar de sus numerosas complicaciones, era bonito, con una nariz puntiaguda y una sonrisa social que conquistaba corazones en la UCIN. Cogía la mano de las enfermeras y se reía, creando un vínculo especial con el personal. Cuando alcanzó un peso de más de 2500 gramos, lo llevaron a la sala de operaciones para realizarle un procedimiento de alargamiento del intestino delgado. De los veintitrés centímetros originales, lograron extenderlo a cuarenta y seis.

Los padres del bebé eran amables y agradecidos con todas las enfermeras. A pesar del oscuro pronóstico y el problema de intestino corto, se mantenían esperanzados. Sabían que una solución temporera sería un trasplante de intestino, pero no tenían los 2.3 millones de pesos necesarios para la operación. Además, los bebés trasplantados rara vez sobrevivían más de cinco años. En esa disyuntiva se encontraba la familia, atrapada entre la esperanza y la desesperanza, aferrándose a la pequeña luz que su hijo representaba en un mar de incertidumbre.

Amarilis sentía una conexión especial con este bebé. Su vulnerabilidad y la desesperada situación de sus padres resonaban profundamente en su corazón. Veía en él un reflejo de su propio sufrimiento y dolor. Cada vez que lo atendía, no podía evitar sentir una mezcla de compasión y tristeza, sabiendo que su futuro era incierto y probablemente doloroso. La sombra de su pasado nublaba su percepción, distorsionando su sentido de la misericordia y llevándola a cuestionar si mantener a estos pequeños seres en vida era realmente un acto de bondad.

La presencia constante de Leticia Morán había causado una reducción en los casos de eutanasia misericordiosa en la UCIN. Sin embargo, Amarilis sabía que el cerco se estrechaba. La vigilancia era cada vez más intensa, y el ambiente se cargaba de tensión con cada día que pasaba. Sabía que debía ser más cuidadosa que nunca, pero su convicción de que estaba aliviando el sufrimiento seguía siendo su guía.

Rezaba en su karma para proteger la vida de los inocentes que sufrían. Amarilis se consideraba piadosa y misericordiosa con los más desvalidos, convencida de que ponerlos a la diestra de Dios reduciría su condena en la tierra. Creía firmemente que aliviaría el sufrimiento diario de los padres por los errores del desarrollo que ellos no tenían culpa. Toda esta maraña de pensamientos rondaba la mente de Amarilis, quien, al remover a los recién nacidos de la tierra, creía que estaba haciendo un bien tanto a los bebés como a sus familias.

Su mente distorsionada veía estos actos como un servicio compasivo, una forma de liberar a los pequeños de una vida de dolor y a sus padres de una agonía constante. Amarilis se sentía justificada, convencida de que su versión de la misericordia era lo correcto. Esta enfermera ejemplar, admirada por su dedicación y cuidado, ocultaba un problema mental desquiciado que la impulsaba a repartir una misericordia letal.

En el caso del bebé con el defecto de pared abdominal y el intestino corto, Amarilis se sentía especialmente atraída. La desesperación de los padres, su lucha diaria y la mirada inocente del bebé resonaban en su corazón. Amarilis, con su retorcida percepción de la compasión, veía en este pequeño una víctima más del sufrimiento que debía aliviar. Su determinación crecía con cada sonrisa del bebé, con cada gesto de cariño que recibía del personal.

Mientras tanto, Leticia continuaba vigilante, analizando cada movimiento de Amarilis y de otros miembros del personal. Sabía que debía ser paciente y reunir pruebas concluyentes. La UCIN se había convertido en un campo de batalla silencioso, donde la vida y la muerte pendían de un hilo, y donde la justicia debía prevalecer.

Amarilis, a pesar de la creciente vigilancia, seguía adelante con su misión. Cada día evaluaba a los bebés más enfermos, calculando sus movimientos con precisión. Sabía que cualquier error podía delatarla, pero su convicción era inquebrantable. Para ella, liberar a estos bebés del sufrimiento era un acto de amor, una misericordia que solo ella podía proporcionar.

El ambiente en la UCIN estaba cargado de tensión. El personal, aunque profesional, no podía evitar sentir la presión constante. Cada uno de ellos estaba consciente de que algo oscuro acechaba entre ellos, y la presencia de Leticia era un recordatorio constante de que la verdad saldría a la luz.

Finalmente, una noche, mientras Amarilis atendía al bebé con el intestino corto, sintió una urgencia particular. Observó cómo el pequeño luchaba con su condición, cómo sus padres se aferraban a una esperanza cada vez más débil. En su mente, la decisión se formó clara y definitiva: debía actuar.

Fue hasta el carro de paro y sacó sigilosamente una ampolla de epinefrina. Luego fue hasta sus pertenencias, donde extrajo un pequeño tubo de ensayo que contenía la ricina que Esteban producía en su laboratorio y que ella había estado robando. Mezcló ambas sustancias en partes iguales y preparó la mezcla letal, poniendo medio mililitro de cada una en una jeringuilla de tuberculina.

Lo pensó dos veces. Eran las cuatro de la mañana de un martes 17 de noviembre. Solo estaban ella y su compañera de guardia, ambas cansadas, pero Amarilis siempre mostraba más ánimo. Con una determinación fría, se dirigió hacia la incubadora del bebé con intestino corto, su corazón latiendo con una mezcla de nerviosismo y perturbada certeza.

Con movimientos precisos y calculados, Amarilis se preparó para administrar su letal "suero de misericordia". Sin saber que Leticia y su equipo estaban observando cada movimiento en tiempo real usando nuevas cámaras de video instaladas en la unidad Se acercó a la incubadora del bebé, su corazón latiendo con una mezcla de determinación y una perturbada sensación de justicia.

En el preciso instante en que Amarilis estaba a punto de inyectar la mezcla letal en el suero del bebé, Leticia dio la señal. Los miembros del equipo de seguridad irrumpieron en la sala, deteniendo a Amarilis en el acto. La sorpresa y el terror se reflejaron en su rostro mientras era atrapada en su intento de cometer otro acto de eutanasia misericordiosa.

Inmediatamente, Leticia y el personal que se había personificado removieron el suero contaminado con los venenos, asegurándose de enviarlo rápidamente a toxicología para un análisis detallado. Leticia dio instrucciones específicas al laboratorio de toxicología para que realizaran pruebas en busca de alfa agonistas como la epinefrina y ricina, el potente inhibidor de los ribosomas de todas las células del cuerpo. Sabía que identificar estas sustancias sería crucial para construir un caso sólido contra Amarilis.

Mientras tanto, a Amarilis le leyeron sus derechos de Miranda y fue llevada esposada, directa hacia la comisaría, donde la esperaban para interrogarla como sospechosa principal de las muertes ocurridas en la unidad. La expresión de frialdad en su rostro contrastaba con la conmoción que su arresto causó entre el personal de la UCIN.

La comisaría estaba preparada para recibir a Amarilis. Leticia, con una mezcla de profesionalismo y determinación, supervisaba cada paso del procedimiento. Sabía que debía asegurarse de que todo se hiciera de acuerdo con la ley para evitar cualquier posible error que pudiera poner en riesgo la justicia que los bebés y sus familias merecían.

Amarilis, por su parte, mantenía una fachada de calma inquietante mientras era escoltada. En su mente, la distorsionada justificación de sus actos seguía firme, pero ahora se enfrentaba a la realidad de sus crímenes bajo la luz fría e implacable de la justicia.

En la sala de interrogatorios, Leticia observaba desde el otro lado del espejo unidireccional. El ambiente era tenso, cargado de una expectación casi palpable. Amarilis, sentada con las manos esposadas frente a ella, sabía que el momento de enfrentarse a sus acciones había llegado. Las preguntas serían duras, las pruebas contundentes, y la verdad, por oscura que fuera, finalmente saldría a la luz.

IX

Una vez en la comisaria Amarilis tenía derecho a una llamada telefónica para notificar a un abogado o a un familiar. Con su madre ya muerta a causa de la imbecilidad del padrastro, solo tenía a Esteban, su ratón de laboratorio, quien le había enseñado la química del crimen. Desesperada y con la mente embotada, le hizo una llamada al pobre hombre. Esteban, más asustado que tranquilo, acudió de inmediato a la comisaría donde tenían a Amarilis detenida.

La voz de Amarilis al teléfono fue fría y controlada, pero Esteban, que la conocía bien, percibió el pánico subyacente. Al llegar a la comisaría, sus manos temblaban y el sudor le perlaba la frente. Nunca se había enfrentado a algo tan grave y, a pesar de su inteligencia, se sentía completamente perdido.

Cuando Esteban llegó, fue recibido por una oficial que lo guio a una sala de espera. Allí, observó a través del vidrio a Amarilis, sentada con las manos esposadas y la mirada fija en el suelo. Su corazón se encogió al verla así, y por un momento, no pudo reconciliar la imagen de la mujer que amaba con la sospechosa de múltiples muertes.

Leticia, consciente de la llegada de Esteban, se preparaba para interrogar a Amarilis con la misma precisión y frialdad con la que había conducido toda la investigación. Sabía que la presencia de Esteban podría provocar reacciones útiles para el caso. Estaba decidida a obtener una confesión completa y a esclarecer todos los detalles de los actos de Amarilis.

Mientras Esteban esperaba, su mente se llenaba de preguntas. ¿Cómo había llegado a esto? ¿Qué papel había jugado realmente en los crímenes de Amarilis? La culpa comenzaba a consumirlo. Si bien no había cometido los asesinatos, su conocimiento y enseñanzas habían proporcionado las herramientas que ella necesitaba.

Finalmente, se le permitió ver a Amarilis. La atmósfera en la sala de interrogatorios era tensa, cargada de emociones reprimidas. Esteban se sentó frente a Amarilis, y durante un momento, ambos se miraron en silencio, las palabras atascadas en sus gargantas.

--Esteban--, comenzó Amarilis, su voz apenas un susurro. --Necesito que entiendas... lo hice para aliviar su sufrimiento.--

Esteban, con los ojos llenos de confusión y dolor, solo pudo asentir. No había palabras que pudieran justificar lo que ella había hecho, y sin embargo, en su retorcida lógica, ella lo creía firmemente.

Leticia entró en la sala, su presencia imponente rompiendo el silencio. Con voz firme, comenzó a detallar las pruebas que tenían contra Amarilis, cada palabra un clavo más en el ataúd de la justificación que ella se había construido.

Esteban, incapaz de soportar más, se levantó y salió de la sala, dejándola sola con la realidad de sus crímenes. Afuera, apoyado contra la pared, trató de recomponerse. La mujer que amaba era una asesina, y él, en cierta forma, había sido su cómplice sin saberlo.

La noche se cerró sobre la comisaría mientras Leticia continuaba su interrogatorio. Amarilis, atrapada entre su retorcida lógica y la cruda realidad, empezó a comprender la magnitud de sus acciones. La justicia estaba cerca, y la verdad, por dolorosa que fuera, finalmente saldría a la luz.

Se exhumaron varios de los cuerpos de los recién nacidos víctimas del coctel de misericordia. Leticia sabía que para confirmar sus sospechas sobre el método utilizado por Amarilis, necesitaba pruebas científicas concluyentes. Ordenó que se realizaran pruebas específicas en las muestras de sangre del bebé, optando por una combinación de ELISA y espectrometría de masas. Estas técnicas avanzadas permitirían detectar y cuantificar la presencia de ricina con una precisión inigualable.

El laboratorio de toxicología recibió las instrucciones detalladas de Leticia. Los técnicos comenzaron con el ensayo de ELISA, utilizando anticuerpos específicos para identificar cualquier rastro de la toxina. La espectrometría de masas, con su capacidad para identificar y cuantificar pequeñas cantidades de sustancias, complementaría los resultados, proporcionando una confirmación irrefutable.

Los resultados no tardaron en llegar. La pantalla del laboratorio mostraba picos inconfundibles que correspondían a la ricina, y el análisis del ELISA corroboraba la presencia de la toxina en niveles letales. Con estas pruebas, 'Leticia tenía la evidencia científica que necesitaba para fortalecer su caso contra Amarilis.

Todos habían abandonado a la asesina. La mujer que fue maltratada cuando pequeña y que había decidido impartir misericordia entre los más pequeños ahora quedaba a merced de la justicia. No tenía un abogado amigo. El estado le proveyó una representación legal. El licenciado Arnaldo Rivera se encargaría de su caso, aunque ella estaba en la luna de Valencia, incrédula de lo que ya sabía le pasaría.

Arnaldo Rivera, un abogado de oficio con años de experiencia en casos complejos, se sentó frente a Amarilis en la sala de visitas de la comisaría. La miró detenidamente, intentando entender a la mujer detrás de los crímenes. Amarilis, con los ojos vacíos y la mente atrapada en su propio mundo, apenas reaccionó a su presencia.

—Señora Cintrón, soy el licenciado Rivera. Estoy aquí para representarla—, dijo con voz firme pero amable, intentando conectar con ella. Amarilis levantó la vista lentamente, sus ojos mostrando un destello de reconocimiento y, por un breve instante, vulnerabilidad.

—No importa lo que haga, ya estoy condenada—, murmuró Amarilis, su voz quebrada pero resignada. —

--Hice lo que creía correcto, pero ahora todos me ven como un monstruo.--

Arnaldo tomó una profunda respiración. Sabía que este caso no sería fácil, ni en términos legales ni emocionales. Había leído los informes, las pruebas, y conocía las acusaciones que pesaban sobre Amarilis. Su tarea era buscar cualquier atisbo de humanidad en ella, algo que pudiera utilizar para construir una defensa.

—Mi trabajo es asegurarme de que tenga un juicio justo—, respondió Arnaldo con calma. —Necesito que me cuente todo lo que pasó, sin omitir ningún detalle. Cada pieza de información puede ser crucial.--

Amarilis asintió lentamente, sus pensamientos revoloteando entre el pasado y el presente. Comenzó a hablar, su voz al principio vacilante pero ganando fuerza a medida que recordaba los eventos que la habían llevado hasta aquí. Describió su infancia llena de abusos, el dolor que había soportado, y cómo eso había moldeado su visión de la compasión y la misericordia.

Mientras escuchaba, Arnaldo tomaba notas detalladas. Sabía que debía encontrar un equilibrio entre la dura realidad de los crímenes y el trasfondo traumático de Amarilis. Aunque la evidencia en su contra era abrumadora, su historia humana podía ser una pieza clave en el tribunal, ofreciendo al menos una comprensión del porqué detrás de sus acciones.

El proceso judicial sería largo y arduo. Leticia, por su parte, se preparaba para presentar las pruebas científicas concluyentes que vinculaban a Amarilis con las muertes en la UCIN. Los resultados de las pruebas de toxicología, que confirmaban la presencia de ricina y epinefrina en los sueros de los bebés, serían el eje central de la acusación.

El día del juicio llegó rápidamente. La sala del tribunal estaba llena de reporteros, familiares de las víctimas y personal del hospital, todos esperando ver cómo se desarrollaría el caso. Arnaldo y Amarilis entraron, ella con la mirada baja y él con una determinación profesional en su rostro.

Leticia, sentada entre la audiencia, observaba con atención. Sabía que este juicio no solo traería justicia a las víctimas, sino que también cerraría un capítulo oscuro en la historia del hospital. La verdad, con toda su crudeza, estaba a punto de ser revelada.

Arnaldo se levantó para hacer su declaración inicial, consciente de la difícil tarea que tenía por delante. Miró a los miembros del jurado, a los jueces, y comenzó a hablar, hilando cuidadosamente la narrativa de una mujer rota, víctima de su propio pasado, que había tomado decisiones terribles en nombre de una distorsionada percepción de la misericordia.

—Señoras y señores del jurado—, comenzó, con una voz firme pero compasiva. —Hoy no solo estamos aquí para juzgar los actos de Amarilis Cintrón, sino también para entender por qué detrás de ellos. Ella no es un monstruo, sino una persona atrapada en un ciclo de dolor y desesperación, buscando alivio de la única manera que sabía.--

El juicio continuó, cada testimonio y cada prueba pintando un cuadro complejo y sombrío. Amarilis, en su rincón, enfrentaba las consecuencias de sus acciones, consciente de que su historia y su vida estaban ahora en manos de la justicia.

Por mi parte, yo estaba acongojado por Amarilis. Durante mi formación como cirujano, fui discípulo del doctor Heriberto Lucio Vicens justo en los cinco años que toda esta trama se desarrollaba en el Hospital Pediátrico Nacional. El personal estaba en shock ante la desgarradora noticia de lo que había transcurrido. No entendía bien por qué Amarilis se había desquiciado de esa forma.

Recordaba claramente los días de residencia quirúrgica cuando trabajaba junto a Amarilis, observando su dedicación y cuidado hacia los pacientes. Era una enfermera ejemplar, alguien en quien confiábamos plenamente. La noticia de sus acciones me golpeó como una bofetada, dejándome aturdido y lleno de preguntas. ¿Cómo podía una persona tan comprometida con el bienestar de los niños convertirse en su verdugo?

Las conversaciones en los pasillos del hospital estaban llenas de incredulidad y tristeza. Mis colegas y yo nos reuníamos en pequeños grupos, tratando de procesar lo sucedido. El doctor Lucio Vicens, mi mentor, estaba especialmente afectado. Había confiado en Amarilis, delegándole tareas importantes y alabando su compasión y eficiencia. Ahora, se sentía traicionado y culpable por no haber visto las señales.

—Nunca lo habría imaginado—, decía repetidamente Lucio, con la mirada perdida. —Amarilis era una de las mejores. Siempre atenta, siempre preocupada por los más pequeños.

Por mi parte, trataba de encontrar sentido a todo esto. Recordaba cómo Amarilis hablaba de su infancia, de los abusos que había sufrido y de cómo eso la había moldeado. Pero nunca pensé que esos traumas pudieran llevarla a cometer actos tan horrendos. ¿Fue el dolor de su pasado lo que la empujó a su distorsionada versión de la misericordia? ¿O había algo más, algo más oscuro y profundo que nunca logramos ver?

Mientras el juicio avanzaba, no pude evitar seguir cada detalle, cada testimonio y cada prueba presentada. El licenciado Arnaldo Rivera hacía lo posible por humanizar a Amarilis, mostrando su historia de sufrimiento y la lógica retorcida que la había llevado a sus actos. La fiscalia por otro lado, presentaba las pruebas con una precisión fría y meticulosa, asegurándose de que la verdad saliera a la luz.

Las pruebas de toxicología confirmaron la presencia de ricina y epinefrina en los sueros de los bebés. Las grabaciones de seguridad mostraron a Amarilis manipulando los medicamentos. Cada pieza de evidencia era un golpe más, reafirmando la magnitud de sus crímenes.

En el fondo, no podía dejar de sentir una mezcla de compasión y tristeza por Amarilis. Sabía que estaba más allá de cualquier justificación, pero no podía evitar recordar a la enfermera dedicada y amable que había conocido. La mujer que había creído en el alivio del sufrimiento, aunque de una manera completamente distorsionada y mortal.

La sala del tribunal se llenaba de susurros cada vez que se mencionaba un nuevo detalle. Los padres de las víctimas, visiblemente afectados, seguían el juicio con miradas llenas de dolor y rabia. Sus vidas habían sido devastadas por alguien en quien confiaban para cuidar a sus hijos. Mi corazón se encogía al verlos, sintiendo su desesperación y su búsqueda de justicia.

El doctor Lucio Vicens, quien había sido llamado a testificar, habló con una voz quebrada por la emoción. Describió cómo confiaba en Amarilis, cómo nunca había sospechado de sus intenciones. Su testimonio, lleno de remordimiento y tristeza, resonó profundamente en todos nosotros.

Mientras el juicio continuaba, la imagen de Amarilis se desdibujaba entre la compasión y el horror. Sabía que debía enfrentar las consecuencias de sus actos, pero no podía evitar sentir que, de alguna manera, todos habíamos fallado en no ver las señales, en no ayudarla antes de que fuera demasiado tarde.

La justicia seguiría su curso, pero el hospital, el personal y todos los que conocimos a Amarilis, quedaríamos marcados para siempre por esta tragedia. Y yo, en medio de todo, seguiría buscando respuestas, intentando entender cómo una mujer tan dedicada pudo caer en la oscuridad de la misericordia letal.

El tribunal determinó que Amarilis era culpable del asesinato premeditado de doce recién nacidos en un periodo de cinco años. Fue un golpe devastador para los padres, la institución y el personal de salud. La sentencia fue clara: debía cumplir una cadena perpetua sin derecho a libertad provisional en el reclusorio de mujeres al sur del país.

La noticia se difundió rápidamente, causando una oleada de conmoción y tristeza. Los padres de las víctimas, presentes en el tribunal, rompieron en llanto al escuchar el veredicto. Sus lágrimas eran un reflejo del dolor profundo e irreparable que llevaban en sus corazones. Para ellos, no había consuelo en la justicia, solo un reconocimiento de la tragedia que les había arrebatado a sus hijos.

En el hospital Pediátrico Nacional, el ambiente se tornó sombrío. El personal de salud, que había trabajado codo a codo con Amarilis, se encontraba en estado de shock. La confianza y el respeto que alguna vez le habían tenido se habían convertido en una mezcla de incredulidad y horror. La enfermera que había sido vista como un modelo a seguir resultó ser una asesina.

El doctor Heriberto Lucio Vicens, mi mentor, estaba particularmente afectado. La culpa y el remordimiento lo atormentaban, recordándole cada decisión y elogio que le había dado a Amarilis. En los pasillos del hospital, sus palabras resonaban con una tristeza palpable: "Nunca lo habría imaginado... Amarilis era una de las mejores. Siempre atenta, siempre preocupada por los más pequeños."

Mientras tanto, en el reclusorio de mujeres, Amarilis enfrentaba una nueva realidad. Las paredes grises y las rejas de hierro eran un constante recordatorio de sus crímenes y del precio que debía pagar. Aunque mantenía una fachada de calma, su mente era un torbellino de pensamientos y emociones. En su interior, luchaba con la aceptación de su destino y la distorsionada lógica que la había llevado a cometer esos actos atroces.

El licenciado Arnaldo Rivera, su abogado defensor, se retiró del caso con un sentimiento de amargura. Había hecho todo lo posible por humanizar a Amarilis, por presentar su historia de sufrimiento y justificar, aunque sea parcialmente, sus acciones. Sin embargo, la magnitud de sus crímenes era innegable, y la justicia había hablado.

Para mí, la noticia del veredicto y la sentencia de Amarilis fue un golpe profundo. Durante mi formación como cirujano, había sido testigo de su dedicación y cuidado hacia los pacientes. La imagen de la enfermera amable y comprometida se había desvanecido, dejando solo la realidad de una mujer rota por su propio pasado y decisiones.

La UCIN, que alguna vez fue un lugar de esperanza y vida, ahora estaba marcada por la sombra de los crímenes de Amarilis. El personal seguía adelante, tratando de encontrar consuelo en su trabajo diario, pero la herida era profunda y tardaría en sanar. Cada incubadora, cada pequeño paciente, recordaba el precio de la confianza traicionada.

El doctor Lucio Vicens, en un intento por encontrar algo de paz, se sumergió en su trabajo con una intensidad renovada. Sabía que debía seguir adelante por el bien de los otros pacientes y sus familias. Pero cada noche, cuando las luces del hospital se apagaban, los fantasmas de los pequeños perdidos y la traición de Amarilis lo visitaban, recordándole la fragilidad de la vida y la importancia de la vigilancia constante.

La sentencia de Amarilis fue un recordatorio brutal de que incluso los lugares más sagrados y seguros pueden ser vulnerados. La justicia había prevalecido, pero el dolor y el impacto de sus acciones perdurarían en todos los que alguna vez confiaron en ella. Y yo, en medio de todo, seguía buscando respuestas, intentando entender cómo alguien tan cercano pudo caer en la oscuridad, dejando un legado de tristeza y desolación.

Habían pasado diez años desde aquella lamentable historia verídica y mi práctica como cirujano despuntaba con éxito. Sin embargo, un día leí una noticia que me estremeció profundamente: una presa se había suicidado en la penitenciaría. Los detalles de la noticia hablaban de una enfermera de nombre Amarilis Cintrón, quien en su angustia y depresión se había privado de su vida.

El encabezado del artículo era directo y frío, pero las palabras que seguían estaban cargadas de una tristeza y desesperación que me hicieron recordar todo lo que habíamos vivido. Amarilis Cintrón, la mujer cuya historia había sacudido a la comunidad médica y dejado una cicatriz imborrable en el Hospital Pediátrico Nacional, había tomado una decisión final.

La noticia relataba cómo Amarilis, en los últimos años, había caído en una profunda depresión. Los psicólogos del reclusorio intentaron ayudarla, pero su mente, atrapada en una maraña de remordimientos y dolor, parecía estar más allá de cualquier salvación. En sus últimas cartas, dirigidas a nadie en particular, hablaba de sus días en la UCIN, de los niños a los que había cuidado y, trágicamente, de los que había arrebatado del mundo con su propia mano.

Me senté en mi escritorio, el artículo aún abierto en la pantalla de mi computadora. Las imágenes de esos años volvieron a inundar mi mente: los rostros de los padres desconsolados, el personal del hospital intentando procesar la traición, y las interminables noches en las que tratábamos de encontrar sentido a lo que había sucedido. Amarilis había sido una compañera, una amiga para algunos, y su caída en la oscuridad había dejado una marca en todos nosotros.

El artículo mencionaba que Amarilis había sido encontrada en su celda, con una expresión de paz en su rostro que no había mostrado en años. Había dejado una nota, breve y simple, que decía: "Perdónenme. No pude soportarlo más." Esa línea, tan sencilla y desgarradora, resonó en mi mente una y otra vez.

Me levanté y caminé hacia la ventana de mi oficina, mirando el horizonte. La vida había continuado, pero la sombra de esa tragedia aún estaba presente. Pensé en el doctor Lucio Vicens, en cómo había intentado sobrellevar la culpa y el dolor. Pensé en los padres que nunca pudieron recuperar a sus hijos, y en los pequeños pacientes que nunca tuvieron la oportunidad de crecer.

La muerte de Amarilis cerraba un capítulo oscuro y doloroso, pero también abría la puerta a una reflexión más profunda sobre la compasión, la justicia y el perdón. Me di cuenta de que, a pesar de todo, había una lección que aprender de esta tragedia: la importancia de la vigilancia, de cuidar no solo de los pacientes, sino también de nosotros mismos y de nuestros colegas.

Decidí que esa noche visitaría el hospital. Quería ver a los nuevos pacientes, hablar con las nuevas generaciones de enfermeras y médicos, y recordarles la importancia de la empatía y la atención. Sabía que, de alguna manera, esta tragedia debía servir para algo más grande, para evitar que algo similar volviera a suceder.

En el hospital, la vida seguía su curso. Los bebés en las

incubadoras, los padres preocupados pero esperanzados, y el personal trabajando incansablemente para brindar la mejor atención posible. En esos rostros jóvenes y llenos de determinación, encontré un rayo de esperanza.

Al salir del hospital, bajo el cielo estrellado de la noche, sentí una mezcla de tristeza y resolución. La historia de Amarilis Cintrón era una advertencia y un recordatorio de la fragilidad de la condición humana. Aunque su vida había terminado trágicamente, el legado de su historia debía ser una llamada a la empatía, a la vigilancia y, sobre todo, a la compasión verdadera.

* * *

X

Sobre el Autor

Nacido el 14 de abril de 1954 en San Juan, Puerto Rico, el Dr. Humberto Lugo Vicente, mejor conocido por Tito Lugo, es una figura distinguida en el ámbito de la cirugía pediátrica. Su carrera se ha distinguido por un compromiso ferviente tanto con la medicina como con la comunidad a la que atiende.

Durante su formación en el Colegio San José de Río Piedras, el Dr. Lugo Vicente no solo destacó en sus estudios, sino también lideró la banda de rock local "The Red Stones". Demostró habilidades excepcionales en áreas tan variadas como la música y las artes marciales, donde alcanzó cinturones negros en Shotokan y marrones en Taekwondo. Su empeño en financiar su educación en karate, a través de la venta de periódicos y otros trabajos, refleja su temprano compromiso con sus metas.

Graduado de la Universidad de Puerto Rico Magna Cum Laude en Ciencias, especializándose en Química y Bioquímica, el Dr. Lugo Vicente fue reconocido con la medalla de Química y la medalla Facundo Bueso por su sobresaliente desempeño académico. Continuó brillando en sus estudios de medicina en la misma universidad, graduándose como miembro de Alpha Omega Alpha, la sociedad de honor médica.

El Dr. Lugo Vicente ha marcado un hito en la cirugía pediátrica a lo largo de su carrera. Completó su especialización en Cirugía General y Pediátrica en la Universidad de Puerto Rico. Luego se unió a la facultad como Profesor de Cirugía Pediátrica. Su compromiso con la excelencia en la educación lo llevó a ocupar varios puestos de liderazgo, incluyendo el de presidente de la Facultad Médica y Director del Departamento de Cirugía del Hospital Pediátrico Universitario. El Dr. Lugo Vicente ha sido un defensor incansable de la mejora de los servicios médicos en Puerto Rico, especialmente en su lucha por equipar al Hospital Pediátrico Universitario con salas de operación modernas. Esto ha beneficiado a innumerables niños y familias. Fuera de su carrera médica, disfruta de una vida familiar enriquecedora junto a su esposa Wanda Torres Otero y sus cuatro hijos: Karlos, Alex, Javier y María del Carmen. Su dedicación al bienestar comunitario y su pasión por la medicina siguen siendo una fuente de inspiración para las nuevas generaciones. Actualmente, el Dr. Lugo Vicente practica en su consultorio privado en el Hospital San Jorge y el Hospital Pediátrico Universitario. Allí proporciona atención médica de calidad, a la vez que cultiva sus intereses en la pintura al óleo, escritura y enología, siempre manteniendo el equilibrio y la moderación que caracterizan su filosofía de vida.

Otras Novelas del Autor
https://www.amazon.com/author/titolugo.md

1- Aquamistic (Spanish and English)
2- El Gran Sueño / The Great Dream
3- Marca de Faraón / Mark of Pharaoh
4- La Isla del Retiro / The Island of Retirement
5- Espejismos en la Red / Digital Deceptions
6- Voces del Silencio / Voices of Silence
7- Travos... (Spanish and English)
8- Misericordia Letal / Lethal Mercy